Johannes Wilkes

Auf deinen Spuren

Handlung und Figuren dieses Romans entspringen der Fantasie des Autors. Eventuelle Übereinstimmungen mit lebenden oder verstorbenen Personen sind zufällig und nicht beabsichtigt. Nicht erfunden sind bekannte Persönlichkeiten, Institutionen, Straßen und Schauplätze auf Spiekeroog sowie in den USA und Kanada.

Originalausgabe März 2023

Tel.: 0561/766 449 - 0, Fax: 0561/766 449 - 29

Titelfoto: © Bernhard Brügging, Velen

ISBN: 978-3-95475-244-7
www.prolibris-verlag.de

Johannes Wilkes

Auf deinen Spuren

Spiekeroog-Krimi

Prolibris Verlag

Samstag

Scharf peitschte ein böiger Nordwest und ließ die Kutter im Hafenbecken von Neuharlingersiel auf den Wellen tanzen. Karl-Dieter trotzte dem Wetter. Die Kapuze seines Ostfriesennerzes knatterte im Wind, als er einsam an der Kaimauer stehend auf die bewegte See hinausblinzelte. In die Regenschauer mischten sich Schneeflocken. Oder täuschte er sich? War es die Gischt? Spiekeroog war nicht zu erkennen und auch die Fähre nicht. Die wenigen Fahrgäste hatten sich in die Hafencafés zurückgezogen oder warteten im Fährhaus, so auch Mütze, der sich dort mit einem Grog wärmte.

Karl-Dieter zog das Band seiner Kapuze fester. Man hätte den Kopf darüber schütteln können. Wer von ihnen war nur auf die Idee gekommen, zu dieser Jahreszeit an die Nordsee zu reisen? Anfang Februar wedelte man die Kitz hinunter oder flog dem Frühling entgegen. Aber Spiekeroog? Spiekeroog im Februar war etwas für menschenscheue Melancholiker, für Menschen, die auf einsamen Strandspaziergängen ihren Gedanken nachhingen, oder für wetterfeste Naturliebhaber, die ungestört Seevögel beobachten wollten und nicht an kalten Füßen litten. Karl-Dieter lief ein Kälteschauer über den Rücken. Der Grund, warum Mütze und er dennoch angereist waren, war ein aufregender und zugleich unendlich süßer.

In genau zehn Tagen war es so weit. Dann würde auf der anderen Seite des Großen Teichs ein kleines Mädchen seine Augenzelte öffnen und sich verwundert umsehen. Ihr Mädchen, ihre Lotte! Diesen Moment wollten sie nicht daheim in Erlangen erleben. Dieser Moment war zu intim, zu persönlich, um ihn mit Bekannten oder Arbeitskollegen zu teilen. So hatten sich die beiden Freunde Urlaub genommen, auch Mütze, um der Welt eine Weile abhanden zu sein. Und wo ging das besser, als auf ihrer Lieblingsinsel? Dass es nicht Lasse, sondern eine Lotte werden sollte, nahm Karl-Dieter mit Freude an. So oder so war es ein Gottesgeschenk.

Wie aus dem Nichts sauste eine Hand auf Karl-Dieters Schulter nieder. Erschrocken sah er sich um. Es war Mütze.

»Fall nicht ins Wasser, Knuffi, ich hab keine Lust, den alleinerziehenden Vater zu spielen.«

* * *

Mächtig fing die *Spiekeroog II* an zu schaukeln. Sie hatte die schützenden Mauern des Hafenbeckens verlassen und kämpfte sich die von Birkenreisern markierte Fahrrinne entlang, rollend und stampfend, sich gegen Wind und Wellen stemmend. Karl-Dieter spürte, wie sein Magen zu rebellieren begann, tapfer aber unterdrückte er die aufsteigende Übelkeit. Was erst hatte Maggie aushalten müssen, besonders in den ersten Wochen der Schwangerschaft? Maggie war ihre Leihmutter, eine Bezeichnung, die Karl-Dieter selbst in Gedanken vermied, erst recht, sie auszusprechen. Leihmutter! Viel zu technisch klang das. Obwohl Maggie an einer Hyperemesis gelitten hatte, so bezeichnete Doktor Hope die quälende Übelkeit, hatte sie darauf verzichtet, Medikamente gegen das Erbrechen zu nehmen. Auch dafür war Karl-Dieter ihr dankbar. Mit keiner Chemie, mit keinem Gift sollte das unschuldige Wesen in Kontakt kommen, das in ihrem Leib heranreifte: ihre kleine Lotte.

»Lotte, Lotte. Lotte!« Karl-Dieter konnte nicht genug davon bekommen, heimlich ihren Namen zu rufen. Jedes Mal durchrieselte ihn ein unglaubliches Glücksgefühl. Nun würde es bald so weit sein, bald konnte er seiner Kleinen ihren Namen ins Ohr flüstern: »Lotte, kleine Lotte.« Ein wenig aber musste er sich noch gedulden. Nach der Geburt würde Lotte noch für zwei Wochen durch eine Amme gestillt werden, nicht durch Maggie, denn das war gegen die Regularien. Aber bereits am Tag vor dem Geburtstermin wollte er mit Mütze in die USA fliegen, keine Minute wollte Karl-Dieter verpassen. So sehr er sich danach sehnte, ihre Kleine nach Hause zu holen, die Stillzeit musste sein, denn Muttermilch war nun mal unersetzbar, gerade in den ersten Tagen. Lotte sollte den besten Start ins Leben bekommen, den ein Kind haben konnte.

»Und wenn sie sich entscheidet, früher auf die Welt zu kommen?«, sagte Mütze und setzte sein Jever-Fläschchen an. Der süßliche Geschmack des Grogs gehörte dringend weggespült.

»Da passen die Ärzte schon drauf auf.«

St. John's fertility clinic, die Kinderwunschklinik in Myrtle Beach, South Carolina, hatte den besten Ruf der USA. Doktor Hope, ihr Ansprechpartner, hielt sie ständig auf dem Laufenden. Die Geburt würde genau eine Woche vor dem errechneten Termin eingeleitet, um Lotte per Kaiserschnitt auf die Welt zu holen, das war leider notwendig.

»Weil sie auf dich kommt«, frotzelte Mütze.

Karl-Dieter stieß ihm den Ellenbogen in die Seite. Anspielungen auf sein Gewicht nahm er persönlich. War es nicht wunderbar, dass Lotte so kräftig war? Je höher das Geburtsgewicht, desto gesünder das Kind, hatte er gelesen. Und das Gewicht war ja auch gar nicht schuld an der Entscheidung für die Operation. Trotz der stolzen acht Pfund könnte sie auf normalem Weg zur Welt kommen, läge sie nicht falsch herum, also mit dem Becken nach unten. In solch einem Fall, hatte ihnen Doktor Hope erklärt, entscheide man sich vorsichtshalber für eine Sectio. Das wiederum hatte den Vorteil, dass sie jetzt schon ihren Geburtstermin kannten.

»Prost, Knuffi«, sagte Mütze.

»Prost, Mütze«, erwiderte Karl-Dieter mit gequältem Lächeln und nippte vorsichtig an seinem Teebecher, der überzuschwappen drohte.

* * *

Auf Spiekeroog anzukommen, wenn der Regen über den Deich fegt, ist eine erfrischende Angelegenheit. Die Rollkoffer hinter sich herziehend, kämpften sich die beiden Freunde Richtung Inseldorf. Die Regenschirme hatten sie zu Hause gelassen, die Dinger hätten ihnen auch wenig geholfen. Der friesische Regen nämlich hatte eine diebische Freude daran, waagrecht über Land und Meer zu fegen. Was sollte da ein Schirm?

Nicht einmal ein Hagelsturm aber hätte Karl-Dieters Laune verderben können. Eine Auszeit auf Spiekeroog, in der schnuckligen Ferienwohnung bei der alten Kirche. Genau hier würden sie sich einstimmen auf den großen, den heiligen Moment. Was konnte es Größeres geben? Die *Linde*, das altehrwürdige Inselhotel, schlummerte noch dem Frühling entgegen, so hatten sie sich für die Wohnung entschieden, die sie bereits von ihrem ersten Aufenthalt kannten. Wie oft waren sie nun schon auf der Insel gewesen? Fünfmal? Sechsmal? Jedes Mal hatte es einen Mord gegeben, dieses Mal aber würden sie hier der Geburt eines Menschenkindes entgegenfiebern. Das war mindestens so spannend und natürlich viel schöner.

»Sauwetter«, fluchte Mütze, als sie den Deich hinabliefen. Wie konnte Karl-Dieter nur so fröhlich vor sich hin pfeifen?

Sie hatten gerade die *Teetied* umrundet und waren in das Norderloog eingebogen, als sie einem alten Bekannten in die Arme liefen. Ahsen! Der Inselpolizist sah sie mit großen Augen an, während sein Dackel Hubert freudig an Mütze emporsprang.

»Euch schickt der Himmel!«

»Wieso?«

»Der Kapitän ...«

»Welcher Kapitän?«

»Er ist weg!«

* * *

Der Kapitän! Tatsächlich! Mütze und Karl-Dieter schauten über den grünen Lattenzaun des Restaurants *Gezeiten*, zwischen den einladenden Tischen klaffte eine Lücke. Jahrelang hatte der Seebär hier gesessen,

Pfeife rauchend und tiefenentspannt. Und nun war er weg.

»Gestern ist er noch da gewesen, er muss in der Nacht entführt worden sein.«

»Geklaut, meinst du«, sagte Mütze.

»Geklaut, entführt, egal. Jedenfalls ist er weg.«

»Schon eine Spur?«

»Nicht die kleinste. Er wiegt locker einen Zentner, der Dieb muss Muckis haben.«

»Oder Helfer.«

»Oder beides.«

»Die gute Nachricht aber ist doch, er wird Spiekeroog kaum verlassen haben.«

Bei diesen Worten hellte sich das Gesicht des Inselpolizisten etwas auf. Mütze hatte Recht! Das war das Schöne auf Spiekeroog, keiner konnte unbemerkt entkommen.

»Na dann, viel Glück bei der Verbrecherjagd. Wir werden die Augen offen halten«, sagte Mütze, dem das Wasser in die Sneakers troff.

Ahsen und Mütze waren nicht nur Kollegen, sie waren alte Freunde. Zusammen hatten sie die kniffligsten Fälle gelöst, das verbindet. Schnell verabredeten sich die beiden noch auf acht in *Sir George's Pub*. Karl-Dieter hatte nichts dagegen, im Gegenteil, so konnte er in Muße ihre Ferienwohnung aufhübschen. Sollten die beiden nur einen feuchtfröhlichen Abend verbringen und Pläne schmieden, um dem Dieb des Kapitäns auf die Schliche zu kommen, er würde in aller Ruhe die Koffer ausräumen und ihrer Ferienwohnung mit kleinen Handgriffen eine persönliche Note verleihen. Wozu war er Bühnenbildner?

»Moin, Ahsen!«

»Moin, ihr beiden!«

* * *

Der Abend war gekommen. Mit einer heißen Dusche, seinem 1000-Watt-Föhn und den mitgebrachten Frotteehandtüchern – aus reiner Baumwolle, seine Haut vertrug kein Mischgewebe – hatte sich Karl-Dieter wieder aufgewärmt. Während Mütze zum Pub aufgebrochen war, begann er, sich innerlich auf den Inselaufenthalt vorzubereiten.

Eigentlich gehörte es zum Inselbegrüßungsritual, zum Strand aufzubrechen und der offenen See Hallo zu sagen, angesichts des Wetters aber hatten die Freunde beschlossen, dem Blanken Hans erst nach dem morgigen Frühstück ihre Reverenz zu erweisen. Mit einem stillen Lächeln zog Karl-Dieter aus seiner Jacketttasche ein Foto hervor, das er immer bei sich trug. Es war eine Schwarz-Weiß-Aufnahme, ein Ultraschallbild. Verliebt strich er über das zarte Wesen.

War sie nicht bezaubernd, seine Lotte? Sie kam auf ihn, eindeutig auf ihn. Weder besaß sie Mützes prominentes Kinn noch dessen hohe Stirn. Natürlich behauptete Karl-Dieter gegenüber Mütze das Gegenteil, nämlich dass sie auf Mütze käme. Heimlich aber und zu seinem stillen Vergnügen stellte er fest: Der genetische Vater war eindeutig er. Zugleich jedoch tadelte er sich wegen der empfundenen Freude. Was für eine kleinliche Haltung! War es nicht egal, wessen Spermien sich durchgesetzt hatten? Kam es denn darauf an, auf die Biologie? War nicht viel mehr entscheidend, dass sie sich beide auf ihre Vaterrolle freuten? Ja, auch Mütze! Ganz bestimmt tat er das. Außerdem: Für die Zeugung eines Kindes war nicht ein einziges Spermium entscheidend. An einer Zeugung waren viele Hundert Keimzellen beteiligt. Mindestens. Ohne die Mitarbeit der anderen, hätte das letztlich erfolgreiche Spermium keine Chance gehabt. Gemeinsam hatten sie die Hülle durchdringen, gemeinsam die Eizelle sturmreif schießen müssen. Erst dann war sie bereit für die Vereinigung gewesen.

Karl-Dieter schmunzelte, als er das Ultraschallfoto an die Wand über dem Esstisch pinnte. Konnte gut sein, dass Mützes Spermien den Weg freigekämpft hatten und am Ende ein gemütliches Karl-Dieter-Spermium die Krone errungen hatte. Wie hieß es so schön? Die Letzten werden die Ersten sein.

Karl-Dieter schaute zum Fenster hinaus. Der Regen hatte nachgelassen. Ob er nicht doch noch einen Spaziergang zum Meer machen sollte?

* * *

»Noch 'ne Runde?«

»Aber hallo!«

Die beiden Herren Kommissare stießen zum wiederholten Male auf das Wiedersehen an und je öfter sie anstießen, desto mehr spürten sie, wie sie sich vermisst hatten. Gemeinsam erinnerten sie sich noch einmal der Mordfälle, die sie zusammen gelöst hatten.

»Der Tod der Meerjungfrau!«

»Junge, Junge und die Sache mit dem Strandkorb 513.«

»Und der Muschelkäfer, der nicht morden wollte.«

»Heirate nie auf Spiekeroog.«

»Zumindest nicht nachts im Watt!«

Lachend ließen sie die Gläser klirren. Sie mieden Whiskey und Guinness und hatten sich für die klassische Steinpilzkur entschieden: Auf jeden Steinhäger, der die Speiseröhre zum Glühen brachte, folgte ein Pils, das den Brand löschte und Mütze die bedrohlich näher rückende Vaterschaft vergessen ließ. Mit einem Mal aber wurde Ahsens Gesicht ernster und eine betrübte Falte bildete sich zwischen seinen gutmütigen Augen.

»Was ist denn?«, fragte Mütze.

»Der Kapitän, was für eine Sauerei«, murmelte Ahsen kopfschüttelnd.

»Ach komm, den finden wir schon wieder.«

»Ich weiß nicht«, sagte Ahsen, »ich hab ein ungutes Gefühl.«

* * *

Karl-Dieter war kein Sportler. Er hatte viele Qualitäten, kochte ausgezeichnet, war kreativ, ein verlässlicher Freund, aber ein Sportler? Weiß Gott nicht! Umso erstaunlicher war der Sprint, den er jetzt zurücklegte. Nachdem er Mützes Pyjama gefaltet aufs Bett gelegt hatte, war er tatsächlich noch zum Strand aufgebrochen. Mit ausgebreiteten Armen hatte er die offene See begrüßt, an deren westlichem Rand seine kleinen Lotte danach drängte, das Licht der Welt zu erblicken. Ganz allein hatte er auf dem weiten Strand gestanden, in der Dunkelheit, und die hellen Säume der Wellen waren auf ihn zu gelaufen, als wären es Grüße von ihr, von Lotte.

Bei dem Brausen der brechenden Wogen, beim Sausen des Windes hätte er es fast überhört, das Klingeln seines Handys. Oh, hätte er es doch überhört, hätte es das Klingeln nicht gegeben! Im Augenblick der größten Freude, der größten Erwartung, hatte es ihn aus seinen Träumen gerissen, hatte ihn ein Tsunami überrollt, hatte ihn mitgerissen, ihn untergetaucht, ihm die Luft zum Atmen geraubt.

Mütze! Mensch, Mütze! Was für ein Unglück, was für eine Katastrophe! Mütze, jetzt kannst nur du uns noch helfen!

Mit einem Knall wurde die Tür von *Sir George's Pub* aufgerissen, mit schreckensbleichem Gesicht stürzte Karl-Dieter hinein und lief auf den Tresen zu, an dem die Polizisten saßen. Erschrocken sah Mütze den Freund an.

»Mein Gott, was ist denn, Knuffi?«

»Lotte. Lotte ist weg!«

* * *

Die Polizeiwache von Spiekeroog befand sich in einer ehemaligen Kneipe am Tranpad. Sie bestand aus einem Büroraum und einer kleinen Arrestzelle, die allerdings aus Mangel an Ganoven meist als Abstellkammer diente. Die drei Freunde nahmen um den Schreibtisch Platz. Der Inselpolizist schraubte die Flasche Küstennebel auf, es dauerte drei Gläschen, bis Karl-Dieter sich so weit beruhigt hatte, dass man aus seinem Gestammel schlau wurde.

»Ein Missverständnis, sicher ist alles nur ein einziges Missverständnis«, sagte Mütze, den Freund in den Arm nehmend.

Karl-Dieter aber schüttelte den Kopf. Was sollte daran ein Missverständnis sein? Maggie war verschwunden und mit ihr seine Lotte.

Die diensthabende Schwester, die ihr das Mittagessen aufs Zimmer bringen wollte, hatte sich zunächst nichts gedacht, als sie Maggie nicht angetroffen hatte, als diese aber nach einer Stunde nicht wieder zurückgekehrt war, hatte sie Doktor Hope alarmiert. Zunächst ging man davon aus, Maggie habe einen Schwächeanfall erlitten, sei vielleicht sogar ohnmächtig geworden, was bei Schwangeren kurz vor der Geburt durchaus vorkommen könne. Hektisch hatte man das Klinikgelände durchsucht, vergeblich.

»Auch an ihr Handy geht Maggie nicht, es ist ausgeschaltet. Sie ist getürmt, verstehst du Mütze? Sie ist weggelaufen und keiner weiß, wohin.«

Mütze schüttelte den Kopf. »Wo soll sie denn hin? Die amerikanischen Kollegen werden sie sicher finden. Eine Frau im hochschwangeren Zustand bleibt doch nicht verborgen. Bestimmt ist sie nach Hause oder zu einer Freundin.«

»Wenn jetzt die Wehen einsetzen, wenn sie irgendwo herumirrt und die Fruchtblase platzt. Weißt du, was das bedeutet, Mütze? Dann kann ihr kein Kaiserschnitt helfen, dann ist unser Lottchen in höchster Gefahr.«

Karl-Dieter vergrub sein Gesicht in den Händen. Die Polizisten sahen sich ratlos an. Was konnten sie schon tun? Man musste auf die Amerikaner hoffen, auf den FBI. Drüben war man doch auf Zack, alles wurde mit Kameras überwacht, man würde das Umfeld dieser Maggie kontaktieren, irgendjemand würde schon von ihr wissen, eine Freundin, jemand aus der Verwandtschaft.

»Wo wohnt sie denn eigentlich?«, fragte Mütze.

»Was weiß ich«, sagte Karl-Dieter und versuchte, tapfer zu wirken, »irgendwo in Virginia, hieß es mal.«

»Kannst du mal den Computer anwerfen, Ahsen?«

»Aber sicher.«

Der Polizeicomputer war ein älteres Modell, das ein Weilchen brauchte, um warmzulaufen. Neben dem Bildschirm hockte eine Möwe auf einer Spiralfeder und sah die Männer böse an.

Mütze rollte den Bürostuhl näher heran und klickte auf Google Maps. Dann gab er *St. John's fertility clinic, Myrtle Beach, South Carolina* ein. Die Ostküste der USA flammte auf, ein roter Punkt, den Mütze näher heranzoomte. Myrtle Beach ist ein Küstenstädtchen, das hauptsächlich vom Tourismus lebt, von den Städtern aus New York und Umgebung. Um den heißen Sommern zu entkommen, brechen sie in den Süden auf und suchen Erholung an den ausgedehnten Sandstränden. Viele kommen auch, um einen der zahlreichen Golfplätze zu nutzen. Die Kinderwunschklinik liegt am nördlichen Rand des kleinen Städtchens. Myrtle Beach besteht im Grunde nur aus einer langen Hauptstraße, die ein paar Nebenstraßen füttert. Die Hauptstraße verläuft parallel zur Küste, eine halbe Meile von dieser entfernt, um vor Sturmfluten geschützt zu sein.

Mütze zoomte wieder zurück, bis die Staatsgrenzen der USA erschienen. Nach Virginia war es nicht weit. Myrtle Beach klebt an der Grenze zu North Carolina, der nächste Staat nördlich davon ist Virginia. Je nachdem, wo Maggie in Virginia wohnte, waren es vielleicht vier, fünf Stunden Autofahrt, allenfalls sechs bis sieben. Mütze versetzte der Holzmöwe einen Stoß, sodass sie wild nach ihm zu hacken begann.

Die unangenehmste aller Fragen war, wie ernst die Amis die Sache nahmen. Mütze traute sich nicht, Karl-Dieter anzuschauen. Ob die amerikanischen Kollegen überhaupt eine Suchaktion starteten? Man konnte es ihnen kaum verdenken, wenn sie die Sache beiseiteschoben. Denn: Was für ein Verbrechen lag überhaupt vor? Mit dem amerikanischen Recht kannte sich Mütze nicht aus, von einer Kindesentführung aber konnte man sicher nicht sprechen, nicht solange das Kind nicht geboren war. Es lag also allenfalls ein

Delikt vor, das tief unten in der Bewertungsskala anzusiedeln war, deshalb blieb unklar, welche Maßnahmen man ergreifen würde. Vielleicht konnte er seine Stellung als Kommissar nutzen, den Fahndungsdruck der amerikanischen Kollegen zu verstärken.

»Hast du die Nummer von Doktor Hope?«

Karl-Dieter nickte und zog sein Handy hervor.

Mütze hatte Glück. Der Doktor ging gleich dran. Nein, es tue ihm leid, es gebe noch nichts Neues. Doch, doch, die Polizei sei informiert und schaue sich um, ja, auch in Virginia selbstverständlich, als Erstes bei der Heimatadresse von Maggie. Man hoffe immer noch, sie komme freiwillig zurück. Nein, sie habe keinem Menschen etwas gesagt, auch den anderen Frauen nicht, sie sei verschwunden, ohne jemanden informiert zu haben. Man melde sich sofort, wenn man etwas Neues erfahre, das sei doch selbstverständlich, darauf könnten sich die Väter verlassen. So etwas sei noch nie vorgekommen, seit Bestehen der Klinik nicht. Die Nummer des ermittelnden Officers? Doktor Hope entschuldigte sich. Die Frage war ihm offensichtlich peinlich. Das sei nicht üblich und auch nicht hilfreich. Alles würde über die Klinik laufen, also über ihn. Bestimmt wisse man bald mehr.

* * *

Wird es im Hochsommer nie richtig dunkel auf Spiekeroog, so sind viele Winternächte von einer tiefen Schwärze. Karl-Dieter hatte mal von einem Künstler gelesen, dem es gelungen war, das schwärzeste Schwarz aller Zeiten zu malen. Bestimmt hatte er sich auf Spiekeroog inspirieren lassen. Das Wort Lichtverschmutzung nimmt auf Spiekeroog noch keiner in den Mund, besonders außerhalb des Dorfes, wo sich die Sandwege in den Dünen verlaufen, sieht man die Hand vor Augen kaum. Außer, der Himmel klart auf. Dann tanzen Abermillionen Sterne am Firmament, ein gigantisches Lichtermeer, das die hellen Sanddünen magisch schimmern lässt.

Heute aber war nicht der kleinste Stern zu sehen, dicht wälzten sich die Atlantikwolken von Westen über die Insel, und wäre der trübe Schein der Lampen nicht gewesen, die sich in großzügigem Abstand am Slurpad verteilten, Karl-Dieter hätte kaum den Weg gefunden.

In der Ferienwohnung hatte er es nicht ausgehalten, war wieder aus dem Bett, hatte sich Jeans und Regenjacke übergezogen und war aus dem Haus. Mütze hatte sich schnarchend auf die andere Seite geworfen. Wie er nur schlafen konnte! Und doch machte ihm Karl-Dieter keinen Vorwurf. Wie wollte man als Kommissar seelisch überleben, wenn einem jedes Verbrechen die Ruhe raubte.

Karl-Dieter schritt mechanisch voran. Der Wind blies ihm scharf ins Gesicht, als er den Utkieker erreichte, jenen nimmermüden Wächter der Insel, der jedem Wetter trotzte, um Ausschau zu halten, nach wem oder was auch immer.

Wieder blieb Karl-Dieter stehen, wieder zog er sein Handy aus der Tasche, in der steten Angst, eine Nachricht zu verpassen. Zum Glück hatte man das Handynetz der Insel in den letzten Jahren ertüchtigt, sodass man fast überall Empfang hatte. Das war schon aus Sicherheitsgründen notwendig, passierte es doch immer häufiger, dass unvorsichtige Urlauber bei Ebbe gefährlich weit auf die vorgelagerten Sandbänke hinausspazierten und vom zurückkehrenden Wasser überrascht wurden. Karl-Dieter schüttelte es. Genauso kam er sich vor, wie ein Mensch, der eben noch das größte Glück genossen hatte und jäh registrieren musste, dass ihn ein Schicksalsschlag abgeschnitten hatte von all seinen Hoffnungen und Träumen und er nichts weiter tun konnte, als hilflos abzuwarten. Das war das Schlimmste, die Ohnmacht. Wenn er doch etwas tun könnte!

Was nur hatte diese Maggie vor? War es lediglich ein Moment der Verwirrung? Oder wollte sie das Kind nicht mehr hergeben, wollte sie es für sich behalten? Oder schlimmer noch, wollte sie es am Ende heimlich aussetzen? So was kam vor. Immer wieder berichteten die Zeitungen davon und jede dieser furchtbaren Meldungen traf Karl-Dieter ins Herz. Wenn man wieder ein totes Baby gefunden hatte, in einem Gebüsch, einer Parkanlage oder gar in einer Mülltonne. Warum aber sollte Maggie das tun? Nein, das machte keinen Sinn, beruhigte er sich selbst schnell wieder. Sie hatte sich doch bewusst für das Kind entschieden, verdiente nicht schlecht daran, den Großteil des vereinbarten Honorars würde sie erst nach der Geburt erhalten.

Karl-Dieter zwang sich, nicht negativ über Maggie zu denken. Sie waren doch ein Team, auch wenn sie durch den Atlantik voneinander getrennt waren, gemeinsam hatten sie sich für das Abenteuer entschieden, einem Menschen das Leben zu schenken. Jeder Einzelne hatte darin seine Rolle, die Frau, die die Eizelle gespendet hatte, er und Mütze natürlich, weniger durch die Samenspende als durch den Entschluss, Eltern zu werden, einem unschuldigen Kind den Weg ins Leben zu weisen, für es zu sorgen und es zu behüten. Und dann waren da noch die Klinik und Maggie.

Über Maggie wussten sie genauso wenig wie über die Eizellenspenderin. Das lag nicht an Arroganz oder Desinteresse, ganz im Gegenteil, Karl-Dieter hätte gerne mehr von den beiden erfahren. Es lag an den Regeln der Klinik und diese waren wohl durchdacht. Was half es ihnen denn, was der kleinen Lotte, wenn man wusste, welchem Beruf Maggie nachging, wie ihre Familienverhältnisse waren? Was half es wiederum Maggie, zu wissen, dass er Bühnenbildner am Theater Erlangen war und Mütze ein Kriminalkommissar? Ein Kind auszutragen war die vielleicht sensibelste Sache der Welt. Mütze hatte über diese Bemerkung nur gelacht und gesagt, es wäre ja gar nicht das Kind von Maggie, die Eizelle stamme ja von einer ganz anderen Frau, von der man nur wusste, dass sie einen Studienabschluss gemacht hatte, weiße Hautfarbe besaß und frei von Erbkrankheiten war.

Ach, Mütze! Was verstand er von der Psyche einer Schwangeren? Ein Kind auszutragen, veränderte eine Frau, auch wenn sie nur die Leihmutter war. Die Biologie war unerbittlich. Alles in der werdenden Mutter schrie danach, weiter für ihr Kleines da zu sein, es nicht alleinzulassen, es nicht in fremde Hände zu geben. Insofern war eine Leihmutterschaft die vielleicht unnatürlichste Sache der Welt. Auf der anderen Seite: War es natürlich, wenn der Mensch sich Insulin spritzte? Ein Hörgerät trug, einen Herzschrittmacher? Sie hatten es oft diskutiert, nächtelang. Wenn man nur danach ging, was natürlich war, wäre die Menschheit vielleicht schon ausgestorben. Es gab zum Glück noch andere Kriterien für eine Entscheidung als den Begriff der Natürlichkeit. Zum Beispiel die Sehnsucht. Und konnte etwas unnatürlich sein, nachdem man sich mit jeder Faser seines Herzens sehnte?

Karl-Dieter erreichte die Randdünen, hörte das Meer tosen. Niemand wäre auf die Idee gekommen, um diese Uhrzeit, bei diesem Wetter, spazieren zu gehen, Karl-Dieter stellte sich an die Stelle, wo während der Saison der Bauwagen stand, bei dem man sich seinen Strandkorbschlüssel besorgen konnte, und sah über die See hinaus. Warum waren auch in dunkelster Nacht die Schaumkronen zu sehen? Ob das Meer von innen heraus leuchtete? Karl-Dieter stützte sich auf das Holzgeländer. Er spürte kaum, dass es wieder anfing zu regnen.

Was nur hatte Maggie vor? War es eine Kurzschlussreaktion? War sie seelisch nicht stabil? Konnte das sein? Man hatte ihnen aber doch versichert, dass alle Leihmütter strenge medizinisch-psychologische Tests absolvieren mussten. Das Auswahlverfahren der Klinik galt als das sorgfältigste der Welt, kein Vergleich mit Indien etwa, wo alles nur die Hälfte kostete. Deshalb hatten sie sich ja für die USA entschieden und auch, weil Tante Dörte einen großzügigen Zuschuss gegeben hatte.

Tante Dörte. Sie hatte Karl-Dieter wie eine Mutter aufgezogen, ohne sie wäre sein Leben anders verlaufen, ärmer, kälter. Tante Dörte war ihm ein Vorbild, wie man ein Kind erziehen musste. Wobei »erziehen«

es nicht traf. Erziehung, klang das nicht streng, ja fast gewalttätig, manipulativ zumindest? In Erziehung steckte das Wörtchen ziehen. Musste man an einem kleinen Wesen herumziehen, damit es in die richtige Richtung wuchs? Wuchs es nicht ganz von allein dorthin? Geradeaus, dem Licht entgegen? Zog man an ihm, hieß das nicht, ihm und seinem Leben eine fremde Richtung zu geben, eine künstliche, eine für die Eltern bequeme vielleicht, die seinem eigentlichen Wesen aber nicht gemäß war? Statt von erziehen sollte man besser von begleiten reden. Ja, ein Lebensbegleiter wollte er Lotte werden, und nun dies!

Karl-Dieter riss sich die Kapuze vom Kopf, schloss die Augen und hielt sein Gesicht dem Regen entgegen. Sollte es nur nass werden, es tat ihm gut, die Tropfen zu spüren. Bestimmt war alles nur ein Missverständnis, bestimmt würde bald die erlösende Nachricht kommen. Es gab doch tausend harmlose Gründe, die infrage kamen. Vielleicht hatte Maggie Besuch von einer Freundin bekommen, die dringend Hilfe brauchte, vielleicht hatte sie sich einfach nur einen freien Tag gönnen wollen, vielleicht hatte sie auf einem Spaziergang jemanden kennengelernt, der sie zu einem Essen eingeladen hatte. Erneut griff Karl-Dieter in die Innentasche seiner Regentasche, erneut zog er das Handy hervor. Wieder nichts, wieder keine Nachricht. Über Karl-Dieters Kopf flog krächzend ein grauer Schatten, eine Möwe kreuzte gegen den Wind. Ihr Krächzen hörte sich wie Gelächter an, lang gezogen und höhnisch.

Abrupt drehte sich Karl-Dieter um. Jetzt wusste er, was zu tun war. Es ging nur so, alles andere war nicht auszuhalten. Mit dem Wind im Rücken rannte er den Slurpad zurück, lief durch das schlafende Dorf in Richtung alte Inselkirche, öffnete ihre Ferienwohnung und riss die Tür zum Schlafzimmer auf: »Kommst du mit?«

Verschlafen erhob sich Mütze. »Was soll denn das, Knuffi?«

»Kommst du mit nach Amerika?«

Sonntag

Das Leben von Spiekeroog läuft im Takt der Gezeiten. Wann die Fähren fahren, bestimmen Ebbe und Flut. Die Spiekerooger aber wären keine echten Insulaner, wenn sie nicht einen Weg gefunden hätten, die Natur auszutricksen.

So flog nun, zur Zeit des tiefsten Wasserstandes, ein kleines Boot über die Wellen, dem Festland entgegen. Die *Zicke* fuhr zu jeder Tageszeit und bei jedem Wetter, ein wendiges Schiff mit geringem Tiefgang, das nur eine Handbreit Wasser unter dem Kiel benötigte. Um sechs Uhr in der Früh hatte sie im kleinen Inselhafen abgelegt, an einer Rampe am vorderen Ende des Kais, die bei Ebbe tief ins Wasser hinunterführte. Der Kapitän mochte höchstens Mitte zwanzig sein, fuhr aber bereits wie ein Alter. Die Dunkelheit machte ihm nichts aus. Gekonnt lenkte er die *Zicke* an der Wattseite der Insel vorbei, zwischen den grünen und roten Signalbojen, bis er den Priel erreicht hatte, der das Wasser zwischen Spiekeroog und Langeoog bei Ebbe ins offene Meer hinauszog. Dann kurbelte er am Steuerrad und schwenkte Richtung Festland ab, jagte die *Zicke* über die Wellen, sodass sie zu springen begann.

Karl-Dieter und Mütze saßen auf der Rückbank neben der Kiste mit den Rettungswesten. Sie waren die einzigen Passagiere. Schweigend sahen sie die Lichter des Festlands näherkommen. Alles, was es zu sagen gab, hatten sie gestern Nacht besprochen. Die Diskussion war kurz und heftig gewesen. Mütze hielt die Aktion für völlig verrückt, alle seine Argumente aber hatten nicht gezogen und nun waren sie auf dem Weg nach Amerika, zehn Tage vor der vereinbarten Zeit. Karl-Dieter war es gelungen, noch zwei Plätze in einem Flieger zu ergattern, der um elf in Hamburg abhob, einen Direktflug nach Richmond/Virginia. Doktor Hope, den sie telefonisch informiert hatten, hatte sich wenig begeistert gezeigt. Darauf aber konnten sie keine Rücksicht nehmen. Es war schließlich nicht sein Kind, es war ihr Kind, ja, jetzt schon war es ihr Kind, noch ungeboren, ihre Lotte, und diese Verantwortung konnte ihnen keiner abnehmen, Doktor Hope nicht, die Klinik nicht und auch nicht die amerikanische Polizei.

»Eine Knifte?«

Mütze hielt Karl-Dieter die Proviantttüte hin. Karl-Dieter schüttelte den Kopf. Im selben Augenblick ging sein Handy. Es war Doktor Hope. Karl-Dieters Gesicht wurde noch blasser.

»Wie soll ich das verstehen? ... Die Adresse existiert nicht? ... Es ist dort keine Maggie Egmont gemeldet?

Was soll das heißen?... Doktor Hope? Doktor Hope? Hören Sie mich? Ich kann Sie nicht mehr verstehen ... Doktor Hope?«

»Was ist denn?«, fragte Mütze.

»Eine Maggie Egmont gibt es nicht.«

* * *

Kein Zufall also. Keine Verkettung harmloser Belanglosigkeiten. Karl-Dieter spürte eine nie gekannte Wut in sich aufsteigen. Es war Absicht. Alles hatte diese Maggie genau geplant. Sie hatten es mit einer Betrügerin zu tun, mit jemandem, der, aus welchen Gründen auch immer, nie vorgehabt hatte, ihnen zu helfen, Eltern zu werden.

Karl-Dieter bekam kaum mit, wie die *Zicke* ihr Tempo verringerte, wie sie in das Hafenbecken von Neuharlingersiel einlief. Heftig biss er sich in die Knöchel seiner rechten Hand und stierte auf den Metallboden, zu keinem klaren Gedanken mehr fähig. Was für ein Spiel wurde da gespielt? Was für eine Ungeheuerlichkeit passierte da gerade? Das Einzige, was er verstand, war, dass ihnen jemand ihre Lotte stehlen wollte. Seine Lotte, sein Lottchen. Und dass er keine Ruhe mehr finden würde, bis er sie in seine Arme schloss.

* * *

»Dear passengers, we are ready for landing …«

Karl-Dieter war während des Fluges in einen unruhigen Halbschlaf gefallen, nun aber, als der Kapitän die Landung ankündigte, wurde er wach und blickte aus dem Fenster und sah, wie sich der amerikanische Kontinent näherte.

Gestern noch hätte er den Anblick wohl genossen, die lange blaue Küstenlinie, die vorgelagerten kleinen Inseln, den mächtigen Strom, der sich verzweigend in das Meer ergoss, flussaufwärts das Häusermeer von Richmond mit seinen raumgreifenden Vorstädten, die Villen mit den Gärten, in denen blau die Pools schimmerten. Hinter der Stadt im Westen fing das Land an zu buckeln und türmte sich schließlich zu grünen Bergen auf, hinter denen bald die Sonne untergehen würde. Das mussten die Appalachen sein, der ewig lange Gebirgszug, der eifersüchtig über weite Teile der amerikanischen Ostküste wachte.

Karl-Dieter entfuhr ein stiller Seufzer. Irgendwo dort unten in diesem gigantisch weiten Land versteckte sich eine Frau, die ihr Kind im Leibe trug. Wie nur wollten sie sie finden?

* * *

Der Flughafen von Richmond glänzte in der Nachmittagssonne, als sie gegen vier Uhr landeten, das Wetter war freundlich, fast vorfrühlingshaft. Doktor Hope hatte ihnen einen Shuttlebus bestellt, der vor dem Terminal 2 auf sie wartete, ein Wagen der Klinik. Der Doktor hielt ihr überstürztes Kommen zwar nach wie vor für eine Schnapsidee und machte keinen Hehl aus seiner Meinung, dennoch wollte er sie unterstützen, soweit er konnte. In der Klinik wäre er unabkömmlich, sonst hätte er sie persönlich abgeholt. Ihr Chauffeur war ein älterer schwarzer Mann mit kurzen weißen Haaren. Er hieß David und begrüßte die Freunde mit einem breiten Lächeln. Natürlich war er über den Grund ihrer Anreise informiert, dennoch strahlte er eine humorvolle Gelassenheit aus, die Karl-Dieter guttat.

»Be sure, we will find the lady«, sagte er, als er von dem Flughafenzubringer auf den Highway Richtung Süden abbog. Er fuhr nicht die Küste entlang, was einen Umweg bedeutet hätte, sondern nahm die *Interstate 95*, den Highway, der bis hinunter nach Florida führte, die wichtigste Route entlang der Ostküste. Während der fünfstündigen Fahrt schien David sich verpflichtet zu fühlen, etwas über die Gegend zu erzählen, die sie durchfuhren. Er stamme aus Nashville, nein, nicht aus *dem* Nashville, das läge in Tennessee, er komme aus Nashville, North Carolina, einem kleinen Kaff nicht weit von Raleigh. Wenn die Freunde Lust hätten, könnten sie bei seiner Mutter einen Kaffee trinken, Nashville liege gleich am Wege, es sei kein Umweg, doch sie sollten vorsichtig sein, seine Mutter koche einen Kaffee der Marke Herztod.

David lachte so ansteckend, dass es Karl-Dieter etwas wärmer zu Mute wurde, zum ersten Mal nach Erhalt der Schreckensnachricht. Überhaupt war er froh, in Amerika zu sein. Lag es daran, dass er glaubte, die Nähe zu Lotte zu spüren? Er merkte, wie sein Mut zurückkehrte. Niemals hätte er es auch nur einen Tag länger auf Spiekeroog ausgehalten, der Insel, die er so sehr liebte und auf der er sonst so glücklich war. Nun aber war sein Platz in Amerika. Auch wenn er noch keine Vorstellung davon hatte, wo genau sie anfangen sollten zu suchen, wuchs doch seine Zuversicht.

»Doktor Hope tut alles, dass ihr euer Baby bald im Arm haltet«, sagte David, »und ich sage euch, es wird ein süßes Baby werden, das zweitsüßeste ever.« Ohne auf eine Reaktion der Freunde zu warten, fuhr er fort: »Das süßeste ist bereits geboren.« Dabei deutete er auf ein Foto, das hinter seinem Sonnenschutz klemmte. »Das ist sie, unsere Judy!«

Das Foto zeigte ein lächelndes Baby, das ganz in Rosa gekleidet war. Es hatte die Arme weit geöffnet, als wollte es den unbekannten Fotografen umarmen.

»Wirklich süß«, sagte Karl-Dieter.

»Judy ist auch in Doktor Hopes Klinik zur Welt gekommen.«

»Wirklich?«

»Wirklich. Ein absolutes Wunschkind. Meine Frau Joanne hatte verklebte Eileiter, da sind wir zu Doktor Hope.«

Gleich war David Karl-Dieter noch sympathischer.

»Weil's uns in Myrtle Beach gefallen hat, sind wir gleich dageblieben«, fuhr David fort, »Joanne arbeitet in der Klinik als Krankenschwester, und ich mach das, was so anfällt, als Mädchen für alles.«

»Was glaubst du, David, warum ist Maggie davon?«

Das Gesicht des Fahrers wurde ernster. Bevor er antwortete, nahm er einen Schluck aus einer dicken Colaflasche, die in einem Halter steckte. »Ich habe Maggie nur flüchtig kennengelernt. Sie ist ein verschlossener Mensch. Wisst ihr, die anderen Surrys sind eine verschworene Gemeinschaft.«

»Surrys?«

»Entschuldigung, so heißen sie bei uns. *Surrogate mothers*, Leihmütter. Viele kennen sich seit Jahren, machen den Job öfter. Maggie aber ist zum ersten Mal bei uns. Sie hat sich von Anfang an in ihr Zimmer zurückgezogen, selbst bei schönem Wetter, wenn alles im Park sitzt, hat man sie kaum zu Gesicht bekommen. Bitte nicht falsch verstehen, sie ist nicht unsympathisch, keineswegs, aber scheu ist sie, irgendwie unnahbar. Hat sich mit keinem enger befreundet.«

»Trotzdem spricht man jetzt doch sicher über sie. Was erzählt man in der Klinik? Was vermutet man, wo ist Maggie hin?«

David kniff die Augen zusammen und umklammerte das Lenkrad mit beiden Armen. Es dämmerte, die Bergkette der Appalachen zu ihrer Rechten begann sich scharf gegen die untergehende Sonne abzuheben, fast wie ein Scherenschnitt vor einem Himmel, der von einem tiefen Blau in ein warmes Rotgelb überging. Rasch dunkelte es nun, sie fuhren in die Nacht hinein.

»Natürlich gibt es Gerüchte und manchen Tratsch. Ich sag immer zu Joanne, ich halte hübsch meinen Mund. Was soll das auch? Das hilft doch nicht weiter.«

»Was tratscht man denn so?«, schaltete sich Mütze ein.

»Ach, nur dummes Zeug.«

»Zum Beispiel?«

David räusperte sich und nahm einen weiteren Schluck Cola, bevor er antwortete. »Dass sie ein anderes Angebot bekommen habe, ein besseres«, sagte er leise.

»Was soll das heißen?«

»Nun, Babys sind begehrt, wem sage ich das. Es ist tatsächlich schon vorgekommen, dass man sich an eine unserer Leihmütter gewandt hat mit dem Angebot, das Doppelte zu zahlen, um an ihr Baby zu kommen.«

»Unglaublich!«, rief Karl-Dieter. »Wer macht denn so was?«

»Keine Ahnung.« David zuckte mit den Achseln.

Menschenhandel schoss es Karl-Dieter in den Sinn. Ob Maggie sich auf solch einen Deal eingelassen hatte? Ihr Baby außerhalb der Klinik zur Welt zu bringen und dann an einen Schurken zu verkaufen? Um des Geldes willen? Klar, Leihmütter machten ihre Arbeit aus finanziellen Gründen, da brauchte man sich nichts vorzumachen, da durfte man auch nicht auf die blumigen Umschreibungen der Klinik-Webseite reinfallen. Es war ein Deal, eine körperliche Dienstleistung, die bezahlt wurde. Aber vertragsbrüchig zu werden, noch mehr Geld herauszupressen, das war eine andere Nummer.

»Next exit, Mum«, rief David.

Die Freunde aber winkten ab. Sie wollten so schnell wie möglich ans Ziel.

* * *

Es war spät geworden, als der Kleinbus vor dem Eingang der Klinik hielt. Aus dem hellen, freundlichen Eingang lief ihnen ein Mann in weißem Kittel entgegen, Doktor Hope. Ein schlanker Mann mit kurzen Haaren und gebräuntem Gesicht. Sein Schritt war der eines Sportlers. Er begrüßte die Freunde herzlich und bedauerte, noch keine neuen Nachrichten zu haben, gab sich aber ansonsten zuversichtlich. Man könne sie auf dem Klinikgelände unterbringen, David würde ihnen ihr Zimmer zeigen.

»Wir würden gerne noch bei der Polizei vorbei und mit dem zuständigen Officer sprechen«, sagte Mütze.

Doktor Hope sah David an, als erwartete er von ihm eine Antwort. David nickte.

»Okay«, sagte Doktor Hope, »David fährt Sie hin. Wir sehen uns morgen zum Frühstück, wenn Sie wollen. Good night.«

Die Polizeistation von Myrtle Beach lag direkt an der Hauptstraße neben einem Shop für Anglerbedarf. Sergeant Cooper war noch im Dienst und blickte die Freunde erstaunt an. Er war ein hagerer Glatzkopf Mitte fünfzig mit kalten, durchdringenden Augen. Mütze kam gleich zum Thema und stellte sich als Kollege vor.

Diese Tatsache schien den Sergeanten nicht weiter zu beeindrucken. »Hören Sie, ich kann Ihre Situation verstehen, wir tun alles, was in unserer Macht steht, darauf können Sie sich verlassen.«

Mütze war erfahren genug, um sich von einer solchen Floskel nicht beeindrucken zu lassen. »Wir vertrauen Ihnen vollkommen«, sagte er in leicht holprigem Englisch, »wir wollen auch nicht lästigfallen. Wir möchten lediglich anbieten, uns nützlich zu machen, wenn Ihnen das recht ist. Wir werden auf dem Klinikgelände wohnen und könnten uns weiter umhören. Vielleicht hat ja doch jemand was mitbekommen. Außerdem interessiert uns natürlich die wahre Identität dieser Maggie. Offensichtlich hat sie einen falschen Namen angegeben.«

Der Blick des Sergeanten wurde noch kälter. »Die Statistik besagt, dass von hundert als verschwunden gemeldeten Personen neunundneunzig nach spätestens drei Tagen wieder auftauchen.«

Mütze atmetet tief durch, beherrschte sich aber. Ihm lag die Frage auf der Zunge: »Und was sagt Ihre Statistik über das Wiederauftauchen von verschwundenen Leihmüttern, die falsche Angaben zu ihrer Identität machen?« Wer sich nicht beherrschen konnte, war Karl-Dieter. Mit bebender Stimme sagte er: »Statistik? Hier geht es nicht um Statistik, hier geht es um unser Kind, Officer, verstehen Sie? Es geht um unser Baby!«

* * *

Der Gästetrakt der Kinderwunschklinik sei momentan belegt, hatte Doktor Hope gemeint, deshalb hatte man sie in einem ehemaligen Personalwohnheim untergebracht, das etwas abseits des Hauptgebäudes am Rande des klinikeigenen Parks lag. Das Zimmer war hell und freundlich, durch das offene Fenster hörte man einen Vogel singen. Karl-Dieter, der in die Nacht hinaussah, nahm ihn kaum wahr, auch nicht die kühle Luft, die ins Zimmer drang. Das zarte Pflänzchen Zuversicht, auf einen Schlag war es schon wieder verwelkt.

Wie hatte ihn der Besuch der Polizeistation ernüchtert. Von der amerikanischen Polizei war keine Unterstützung zu erwarten, das war ihm schmerzlich klar geworden. Für den Sergeanten war die Geschichte nur eine lästige Angelegenheit, die sich schon von allein erledigen würde. Warum sollte er seinen Hintern bewegen, um eine schwangere Frau zu finden? Kam sie aus freien Stücken zurück, gut. Hatte sie sich dazu entschlossen, ihr Kind woanders zur Welt zu bringen, auch gut. Was war daran so schlimm? Zwei Deutsche, die ihren Kinderwunsch davonschwimmen sahen, waren vielleicht zu bedauern, sich für sie aber die Beine auszureißen, warum?

Für Karl-Dieter stand fest, sie mussten sich selbst

auf die Suche machen, durften sich auf niemanden verlassen, auf Doktor Hope nicht und erst recht nicht auf die amerikanische Polizei. Der Sergeant hatte sie fast ausgelacht, als sie ihn gefragt hatten, ob er nicht Suchplakate drucken lassen wolle. Suchplakate? Sie hätten wohl zu viele Western gesehen, hatte er frech geantwortet.

»Wir müssen die modernen Medien nutzen«, sagte Mütze, der sich auf dem Bett ausgestreckt hatte, »Facebook, Instagram, den ganzen Sums, so könnten wir sie kriegen.«

Karl-Dieter drehte sich zu ihm um. Meinte Mütze das ernst? Keiner von ihnen war doch in sozialen Netzwerken aktiv und selbst wenn sie sich anmelden würden, wer würde sich für ihre Geschichte interessieren?

»Komm, gehen wir schlafen«, sagte Mütze, »morgen machen wir einen Plan.«

Montag

Karl-Dieter fühlte sich wie gerädert, als er sich frühmorgens aus dem Bett wälzte. Gähnend trat er ans Fenster. Das Wetter hatte gedreht. War es gestern noch freundlich gewesen, fast vorfrühlingshaft, so blies heute ein böiger Wind, fette Wolken wälzten sich vom Atlantik übers Land. »Fast wie zuletzt auf Spiekeroog«, dachte er. Durch den Park sah er zwei Frauen spazieren, beide im fortgeschrittenen Schwangerschaftsstadium, was neben der Silhouette auch Körperhaltung und Schritte verrieten. Den beiden schien das Wetter nichts auszumachen. Lebhaft ins Gespräch vertieft lachten sie immer wieder fröhlich auf. Karl-Dieter gab es einen schmerzhaften Stich. Warum konnte nicht eine der beiden Maggie sein, mit ihrem Kind unter dem Herzen? Wieder hörte man übermütiges Lachen. Die beiden Frauen erstiegen nun eine geschwungene Treppe, die auf eine Anhöhe führte, auf der ein achteckiger, zur Gartenseite geöffneter Pavillon stand.

Ob Maggie auch gelacht hatte, manchmal wenigstens? Nach den Schilderungen von David wohl eher nicht. Auch das bereitete Karl-Dieter Kummer. Dutzende von Büchern hatte er über das richtige Verhalten während der Schwangerschaft gelesen, das Lachen der Mutter dürfe nicht unterschätzt werden, es habe einen positiven Effekt auf die Entwicklung des Babys und wirke außerdem wie eine Massage. Ein anderer Autor beschrieb es als eine Art Trampolin, das dem Baby viel Spaß bereite. Ob er Doktor Hope nach seiner Meinung fragen sollte? Sie würden ihn ja zum Frühstück treffen. Karl-Dieter sah die Frauen im Pavillon verschwinden und sein Blick wurde noch trüber. Ihre Fragen an Doktor Hope würden natürlich völlig andere sein. Was für Antworten aber erwarteten sie sich eigentlich von ihm, konnten sie etwas erfahren, wovon sie noch nicht wussten? Alles Wesentliche hatte ihnen der Doktor doch bereits mitgeteilt und auch diesem Sergeanten.

Karl-Dieter schüttelte es, wenn er an den Besuch der Polizeiwache zurückdachte. Was für ein Unsympath, was für kalte Augen! Bestimmt hatte der Sergeant keine Kinder. Nur jemand, der wusste, was ein Elternherz fühlte, konnte verstehen, welches Verbrechen sich hier ereignete. Vielleicht war der Sergeant zudem ein Schwulenhasser, jemand, der sich dachte, besser so. Besser, das Baby wuchs allein bei einer Mutter auf, als mit zwei schwulen Männern. Amerika galt zwar als fortschrittliche Nation, aber auch dort gab es ewig Gestrige. Und erfuhren nicht gerade die Ultrakonservativen wieder einen gefährlichen Zulauf? Was war mit Trump und seinen Wählern? Wie würden sie urteilen, wenn sie von dem Fall hörten? Würden nicht wieder die uralten Argumente ausgepackt, die Frage nach der Natur und dem Willen Gottes? Was zählte dagegen die Sehnsucht eines einsamen Herzens, dessen Lebenstraum nun einmal ein eigenes Kind war? War es denn unnatürlich, als Schwuler Vater werden zu wollen? Jemand hatte Karl-Dieter einmal entgegnet, es gebe doch genügend Fälle, die bewiesen, dass schwule Männer Väter werden könnten, und zwar auf ganz natürliche Weise, Thomas Mann zum Beispiel.

Karl-Dieter hatte entsetzt den Kopf geschüttelt. Auf ganz natürliche Weise? Was war daran natürlich, einen Menschen zu heiraten, den man nicht liebte oder doch nicht in der Art, die es brauchte, um von Liebe im tieferen Sinne sprechen zu können. Sollte er sich etwa eine Frau nehmen, um Kinder zu bekommen? Was für ein Verbrechen wäre das erst! Nicht, dass er Thomas Mann als Verbrecher bezeichnen wollte, ganz und gar nicht, es war eine andere Zeit gewesen und jeder war ein Kind seiner Zeit, wer konnte sich von dem gesellschaftlichen Kodex befreien? Auch ein solch genialer Schriftsteller wie der Schöpfer der Buddenbrooks nicht. Wenn es aber heute passierte, wenn ein Schwuler eine Frau heiratete, nur, um seine Neigung vor der Welt zu kaschieren oder um auf diese Weise

Kinder zu bekommen, dann war das eine tief unglückliche, ja, eine schlimme Sache mit unabsehbaren Folgen. Waren nicht die meisten Kinder Thomas Manns zerrissene Persönlichkeiten geworden? Waren sie nicht unter dem Zeichen der Lüge geboren worden?

Er ginge zu weit mit seinem Urteil, hatte ihm Mütze vorgeworfen, einem Kind sei es doch völlig egal, unter welchen Bedingungen es gezeugt worden war. Das bestritt Karl-Dieter ja gar nicht. Es ging nicht um die Bedingungen der Zeugung, es ging um die Qualität der Partnerschaft, die Liebe der Eltern zueinander. Aber sicher hatte Mütze insoweit Recht, dass er nicht beurteilen konnte, wie die Beziehung zwischen Thomas Mann und seiner Frau Katja gewesen war. So differenziert Thomas Mann die Figuren seiner Romane gezeichnet hatte, so schweigsam war er in diesem Punkte gewesen.

»Gibt's schon Kaffee?«

Mütze blinzelte ihn vom Bett aus an. »Gehen wir frühstücken.«

* * *

Die Gäste des Hauses frühstückten in einem abgetrennten Bereich der Cafeteria. Der größere, südliche Teil war für die werdenden Mütter reserviert. Doktor Hope sei noch bei einer Untersuchung, komme aber sicher bald, sagte die muntere Bedienung, ein Tisch sei für sie reserviert. Sie sollten doch schon Platz nehmen und mit dem Frühstück beginnen, bestimmt hätten sie Hunger nach der weiten Reise. In der Cafeteria galt Selfservice. Mütze lud sich sein Tablett voll, während Karl-Dieter sich auf ein Glas Wasser, einen Gemüse-Smoothie und eine Scheibe Knäckebrot mit Frischkäse beschränkte.

Der für sie reservierte Tisch lag ganz am Ende des Raumes hinter einer großen Yuccapalme. An den anderen Tischen des Gästetraktes saß man ebenfalls zu zweit, meistens gemischtgeschlechtliche Paare, aber auch gleichgeschlechtliche. Obwohl Karl-Dieter dagegen ankämpfte, konnte er den Neid nicht unterdrücken. Ob ihre Tischnachbarn schon junge Eltern waren? Oder ob die Geburt unmittelbar bevorstand? Die Klinik bot verschiedene Modelle an. Wer wollte, konnte sein Kind, so es gesund zur Welt kam, gleich mitnehmen. Etwas teurerer war die Variante, für die sich Karl-Dieter und Mütze entschieden hatten, nämlich für zwei Wochen die Dienste einer Amme in Anspruch zu nehmen.

Schon als Karl-Dieter an den Tischen vorbeigelaufen war, hatte er bedauert, das Angebot angenommen zu haben, in der Klinik zu frühstücken. Die Atmosphäre war ihm zu fröhlich, zu erwartungsschwanger. Gut, dass ihr Tisch etwas abseits lag.

Oder steckte Absicht dahinter? Wollte man sie bewusst separieren?

Sie hatten gerade Platz genommen und sich Kaffee eingeschenkt, als eine Frau im Klinikkittel an ihren Tisch trat und sich vorstellte. Es war Joanne, die Frau von David. Karl-Dieter schloss sie gleich ins Herz. Sie war eine resolute Frau mit dem Blick eines Menschen, der noch an das Gute glaubte. Und da war noch etwas. Ihre Stimme. Joanne verstand das Kunststück, mit der Stimme zu lächeln.

»Setzen Sie sich doch«, sagte Karl-Dieter und schob einen Stuhl herbei.

So kamen sie ins Gespräch. Joanne entrüstete sich leise, aber bestimmt über das, was passiert war. Nichts könne so ein Verhalten entschuldigen. Sie werde aus dieser Maggie nicht schlau. Wenn ein Notfall passiert sei und man dringend zu Hause gebraucht würde, müsse man doch zumindest eine Nachricht hinterlassen. Wer sein Handy auf stumm schalte, der beweise, dass er finstere Absichten habe.

»Für mich ist klar, Maggie kommt nicht zu uns zurück«, sagte Joanne, »nicht aus freien Stücken.«

Seltsamerweise war Karl-Dieter nicht schockiert von diesen Worten, im Gegenteil, er war der jungen Frau dankbar für ihre Ehrlichkeit. Was halfen ihnen die Vertröstungen von Doktor Hope und diesem Sergeanten? Die Einzige, die die Sache sah, wie sie war, schien diese Krankenschwester zu sein. Ob Joanne ihnen helfen konnte?

»Sehr gerne sogar!«

Die Augen der jungen Frau begannen zu leuchten. Mütze weihte sie in ihre Überlegungen ein, den Weg über die sozialen Medien zu gehen.

»Eine gute Idee«, sagte Joanne. Ihre Stimme dämpfte sie weiter, offensichtlich darum bemüht, dass die Nachbartische nichts mitbekamen. Sie folge einer bekannten Instagrammerin, vielleicht würde die sie unterstützen, sie würde ihr gleich eine Nachricht schreiben. »Ich habe aber noch eine vielleicht bessere Idee!«, fügte sie hinzu.

»Nämlich?«

Joanne antwortete nicht. Ein Schatten fiel auf ihren Tisch, sie sahen auf, es war Doktor Hope. Joanne verabschiedete sich hastig und verschwand. Karl-Dieter sah ihr mit Bedauern hinterher. Was für eine Idee mochte sie haben? Und warum war sie so plötzlich verstummt?

* * *

Doktor Hope erwies sich als verbindlicher, wenngleich etwas zugeknöpfter Mann. Sie sollten nur in Ruhe zu Ende frühstücken, er würde das Gespräch anschließend lieber in seinem Büro führen, wenn sie einverstanden wären. Obwohl Mütze gerade erst damit begonnen hatte, seinen Rühreiberg abzutragen, standen die Freunde auf und folgten dem Doktor lieber sofort, als sein Angebot anzunehmen.

Hopes Büro lag in der oberen Etage des Verwaltungstrakts, durch das Fenster konnte man in einiger Entfernung den Atlantik erblicken, der vom Ostwind aufgewühlt mit schäumenden Wellen den Strand berannte. Das Auffälligste in dem ansonsten nüchtern gestalteten Raum war eine übermenschengroße Buddhastatue, die hinter dem Schreibtisch stand. Die Ohren des Buddhas erinnerten an Elefanten, auf seinen Lippen lag ein vielsagendes Lächeln. Der Doktor machte eine einladende Handbewegung, worauf die Freunde an einem niedrigen Besprechungstisch Platz nahmen. Auf der gläsernen Tischplatte stand eine Vase mit Tulpen. Ob die Blumen echt waren? Karl-Dieter vermochte es nicht zu entscheiden, manche Blätter wirkten an den Rändern leicht vertrocknet.

Doktor Hope hatte eine Akte vor sich liegen. Er sah die Freunde an und wiederholte, dass es ihm unendlich leidtue. Dann sagte er, was die Freunde schon wussten, dass so ein Fall in all den Jahren unter seiner Leitung noch nicht vorgekommen, man aber weiter optimistisch sei. Bestimmt komme Maggie bald zurück.

»Worauf gründet sich Ihr Optimismus?«, sagte Mütze mit erkennbarem Misstrauen.

»Wir haben ein erprobtes System«, entgegnete der Doktor, »alle unsere Leihmütter werden gründlich ausgesucht.«

»In diesem Fall scheint Ihr System versagt zu haben. Doktor Hope, sagen Sie uns die Wahrheit, was glauben Sie, was das mit der falschen Identität soll? Das ist doch hochverdächtig.«

Diese Frage schien dem Doktor peinlich zu sein. Er schob die Vase in die Mitte des Tisches, bevor er antwortete. »Das haben wir uns natürlich auch gefragt, dennoch kann es eine ganz harmlose Erklärung dafür geben.«

»Nämlich?«

»Maggie wollte auf Nummer sicher gehen, dass niemand ihrer Familie oder ihrer Bekannten von ihrer Arbeit erfährt. Vielleicht schämte sie sich für ihr Handeln, das gibt es leider immer noch.«

»Prüfen Sie denn nicht die Ausweise? Braucht man keinen Leumund, keine Empfehlung vom heimischen Frauenarzt, um als Leihmutter akzeptiert zu werden?«

»Unser System ist wirklich sicher, glauben Sie mir. Dennoch, vor hoher betrügerischer Energie kann man sich nicht hundertprozentig schützen.«

»Was unternehmen Sie denn im Moment? Was für Aktionen laufen, Maggie zu finden?«

»Hat Ihnen der Sergeant nichts davon erzählt? Alles liegt nun in den Händen der Polizei.«

»Zu wem hatte Maggie den engsten Kontakt in der Klinik?«

Doktor Hope zuckte mit den Schultern. »Maggie war eher eine verschlossene Person.«

»Was ist mit der Homepage der Klinik? Könnten Sie dort nicht eine Suchaktion starten, prominent platziert auf der ersten Seite?«

Doktor Hope sah Karl-Dieter empört an. »Wo denken Sie hin? Wissen Sie, wie viele Menschen mit Kinderwunsch täglich unsere Homepage besuchen? Darunter auch werdende Eltern, die bereits Kunden unserer Klinik sind. Dass eine Leihmutter verschwunden ist, können Sie sich vorstellen, was eine solche Nachricht mit diesen Menschen machen würde?«

»Können Sie sich vorstellen, Doktor Hope, was diese Nachricht mit uns macht?«

* * *

Mit schnellem Schritt eilte Karl-Dieter den Meeressaum entlang Richtung Norden, um Myrtle Beach mit seiner verbauten Strandpromenade hinter sich zu lassen. Der Wind hatte sich zu einem Sturm gesteigert, donnernd brachen sich die Wellen an dem Sandstrand.

Eine ohnmächtige Wut hatte von Karl-Dieter Besitz ergriffen, er, der Friedfertige, der immer positiv Denkende, verspürte nun einen unbändigen Hass in sich aufsteigen. Was waren das nur für Menschen? Ein eiskalter Polizist und ein feiger Doktor, der nur an den Ruf seiner Klinik dachte. Ihr Baby war allen egal. Der einzige Lichtblick war Joanne. Sie allein und ihr Mann David schienen ehrlich an ihrem Schicksal Anteil zu nehmen.

Doktor Hope versuchte doch nur abzuwiegeln. Auch wegen der Gefahren einer Geburt außerhalb einer Klinik. Der vorgesehene Kaiserschnitt sei nur eine Vorsichtsmaßnahme, mit hoher Wahrscheinlichkeit würde das Baby trotz seines Gewichts und der Beckenendlage auch auf natürlichem Weg gesund zur Welt kommen. Maggie sei keine Erstgebärende. Bei denen sei die Situation kritisch, in diesem Fall aber brauche man sich nicht zu viel Sorgen zu machen. – Nicht zu viel Sorgen machen! Der Doktor hatte gut reden.

Karl-Dieter hatte versucht, Mütze dazu zu bewegen, die deutsche Botschaft einzuschalten, Mütze aber hielt nichts davon. Was sollte die Botschaft schon machen? Druck auf die amerikanische Polizei ausüben? Außerdem war die Rechtslage eindeutig: Jedes Kind, das in den USA zur Welt kam, besaß automatisch die amerikanische Staatsbürgerschaft. Auch wenn die Eltern Deutsche waren.

Niedergeschlagen waren sie nach dem Gespräch mit Doktor Hope auf ihr Zimmer gegangen, als es geklopft hatte. Es war David gewesen. Er hatte Grüße von seiner Frau Joanne ausgerichtet, ob sie sich vielleicht in ihrer Mittagspause im *Burger King* an der Hauptstraße treffen könnten? Gleich nördlich der Klinik? Um halb eins? Natürlich hatten sie Zeit! Sie hatten ja sonst nichts zu tun. Und außerdem war Joanne ihr Rettungsseil, jedenfalls empfand Karl-Dieter es so. Um sich bis dahin etwas Luft zu verschaffen, war er los an den Strand, während es Mütze noch einmal bei dem Sergeanten versuchen wollte.

Gegen die Böen ankämpfend hielt sich Karl-Dieter dicht an der Wasserkante. Um seine Füße flogen weiße Gischtschäume, getrieben vom Wind drehten sie sich um sich selbst, wurden auf ihrem Weg über den Strand kleiner und kleiner, bis sie sich schließlich auflösten. Auch Muscheln und Fetzen von Tang wurden vom Wind in Richtung der Randdünen geblasen. Widerstanden Muscheln dem Sturm, so bildeten sich in ihrem schützenden Windschatten lange, helle Sandstreifen. Wäre nicht die Uferpromenade von Hochhäusern gesäumt, Karl-Dieter hätte alles an den Strand von Spiekeroog erinnert. Auch dort, auf der anderen Seite des Atlantiks, hatte er bei Strandläufen Beobachtungen ähnlicher Art gemacht, wenn das Wetter stürmisch war.

Ach, Spiekeroog! Vielleicht wäre es besser gewesen, auf ihrer Lieblingsinsel geblieben zu sein. Was hatte er sich vorgestellt? Dass Maggie sichtbare Spuren hinterlassen würde, denen sie nur zu folgen brauchten? Amerika war ein ungeheuer großes Land. Wie sollten sie da eine Frau finden, die sich verstecken wollte? Ohne Hilfe der Polizei? Denn dass Mütze beim Sergeanten mehr erreichen würde als gestern, darauf gab Karl-Dieter keinen Pfifferling. Mit der Solidarität unter Polizisten, auf die sie gehofft hatten, war es nicht weit her. Immerhin hatten der Sergeant und seine Kollegen versucht, Maggie unter der angegebenen Heimatadresse in Virginia zu finden. Nun aber, wo sich ihre Identität und wohl auch ihre Anschrift als gefälscht herausstellten, schien er am Ende seines Lateins zu sein und zuckte nur noch mit den Schultern.

Karl-Dieter blieb stehen und sah auf das Meer hin aus. Aus welchem Grund nur hatte Maggie ihren Namen gefälscht. Tatsächlich aus Scham, wie der Doktor meinte? Oder war es doch ein gemeiner Betrug? Am Ende ein Verbrechen gar?

* * *

Sie hatten auch diese Möglichkeit diskutiert: dass Maggie verschleppt worden war. Am Ende aber hatten sie eine Entführung ausgeschlossen. Es war einfach zu unwahrscheinlich. Wenn jemand ihr Baby wollte, entführte der die hochschwangere Mutter? Mit all den damit verbundenen Risiken? Viel einfacher wäre es doch, die Geburt abzuwarten und das Baby dann zu kidnappen. Zudem war Maggie am helllichten Tag verschwunden. Eine Entführung wäre nicht unentdeckt geblieben, nicht in einer solch frequentierten Klinik. Niemand aber hatte eine verdächtige Beobachtung gemacht.

Natürlich, man konnte sich immer etwas zusammenreimen, zum Beispiel, ein Mensch aus Maggies Leben, ein Ex-Freund vielleicht, hätte sie ins Auto gelockt und wäre mit ihr davongebraust. Auch die Sache mit der falschen Identität würde nicht dagegensprechen, im Gegenteil. Den falschen Namen könnte sie sich zugelegt haben, um sich vor dem eifersüchtigen Ex zu schützen. Der Typ aber hätte sie dennoch gefunden und verschleppt. Was aber klar gegen dieses Szenario sprach: Maggies Zimmer war leer gewesen. Sie hatte alle ihre Sachen gepackt und war mit ihrem Koffer davon.

Wie man es drehte und wendete: Eine Entführung war extrem unwahrscheinlich. Viel wahrscheinlicher, ja fast sicher war: Maggie war freiwillig verschwunden. Wenn es denn so etwas wie eine freiwillige Entscheidung des Menschen überhaupt gab. Karl-Dieter bückte sich nach einer Schwertmuschel, sie zerbrach in seinen Fingern. Wurden nicht alle Entscheidungen von äußeren oder inneren Zwängen bestimmt?

* * *

Der *Burger King* schwamm wie eine hässliche Insel auf der Asphaltfläche eines riesigen Parkplatzes. Hinter dem eingeschossigen Gebäude führte eine Straße zum Drive-in. Alles war für den Autofahrer bestimmt, Kunden, die zu Fuß oder mit dem Rad kamen, schien man nicht zu kennen. Der Weg hatte sich hingezogen, schwitzend traf Karl-Dieter zur vereinbarten Uhrzeit ein. Mütze saß bereits an einem der festmontierten Tische, vor sich eine Portion Pommes, den Burger hatte er schon verputzt. Gleich beim Eintreten erkannte Karl-Dieter an seinem Gesicht, dass das Gespräch beim Sergeanten frustrierend verlaufen sein musste.

»Den Kerl habe ich vielleicht gefressen«, brummte Mütze. »Weißt du, was er mir allen Ernstes vorgeschlagen hat? Wir sollten nach Florida fliegen und die Sonne genießen, bis diese Maggie wieder auftaucht.«

In diesem Moment wurde die Eingangstür aufgerissen und eine junge schwarze Frau trat ein. Joanne. Sie trug noch ihre Klinikkleidung und winkte ihnen fröhlich zu, als sie ihren Tisch ansteuerte.

»Entschuldigen Sie, dass ich Sie am Morgen sitzen gelassen habe«, sagte sie und nahm neben ihnen Platz.

»Es war wegen Ihres Chefs, nicht wahr?«, sagte Mütze.

Joanne nickte. »Er mag es nicht, wenn Mitarbeiter und Kunden privat zusammensitzen.«

Aber es ging doch nicht um eine private Angelegenheit, dachte sich Karl-Dieter, es ging schließlich um ein Kind der Klinik.

»Hier ist es besser«, sagte Joanne, »hier können wir freier sprechen. Ich hab nur wenig Zeit, ich will gleich zu meiner Idee kommen. Mein Bruder Bill arbeitet als Tontechniker bei TV Palmetto State, einem Lokalsender in Charleston. Vielleicht kann er erreichen, dass man eine Suchmeldung bringt. Dazu bräuchten wir allerdings ein Foto von Maggie.«

Über Karl-Dieters Gesicht huschte ein überraschtes Lächeln. Ein Foto? Damit konnten sie dienen. Doktor Hope hatte sich nach kurzem Zögern bereit erklärt, ihnen eine Farbkopie des Bewerbungsfotos von Maggie Egmont zur Verfügung zu stellen. Mütze zog das Porträtfoto aus der Tasche und legte es neben seine Pommes auf den mit fröhlichen Dinosauriern bedruckten Tisch.

»Das ist sie«, nickte Joanne, »wenngleich sie die Haare jetzt etwas kürzer trägt. Kann ich das Foto haben?«

»Aber klar«, sagte Mütze, »wir haben es mit unseren Handys abfotografiert.«

Das Foto zeigte eine weiße Frau, deren braune, glatte Haare seitlich gescheitelt und von hellen Strähnen durchzogen waren. Sie sah nicht unsympathisch aus, fand Karl-Dieter, fast ein bisschen wie Jane Fonda in der Komödie *Barfuß im Park* mit Robert Redford. Die Augen waren grün mit einer Tendenz ins Bräunliche, der Mund war schmal und geschlossen. Kleine Fältchen um die Augen verrieten, dass sie nicht mehr ganz jung war. Oder waren es Kummerfältchen?

»Ich rufe Bill heute noch an und halte Sie auf dem Laufenden«, versprach Joanne. Bevor sie ging, tauschten sie noch ihre Handynummern aus. Dabei leuchtete auf Joannes Smartphone das Portrait eines kleinen Mädchens auf. Karl-Dieter fiel es sofort auf. Das musste Judy sein, die Tochter von Joanne und David, von der sie bereits ein Babyfoto im Taxi gesehen hatten.

»Hübsches Kind«, sagte er.

Über Joannes Gesicht huschte ein Strahlen, wie es nur eine Amerikanerin hinbekam. Sie überlegte kurz, was sie antworten sollte, unterließ es dann aber und verabschiedete sich rasch. Karl-Dieter sah ihr durch die Scheiben nach. Einen Kleinwagen besteigend fuhr sie Richtung Klinik davon. Was für eine Frau, dachte Karl-Dieter. Wenn der Sender die Suchmeldung brachte und Doktor Hope erfuhr, dass Joanne hinter der Aktion stand, war sie ihren Job los. Warum nahm sie das Risiko auf sich? Sie waren doch vollkommen Fremde für sie. Es war ihm ein Rätsel.

* * *

»Du bist verrückt!«

»Was kann schon passieren?«

»Das ist illegal.«

Die beiden Freunde hatten die Stichstraße zum Meer genommen und schlugen die Uferpromenade in südlicher Richtung ein. Bei diesem Wetter waren nur wenige Spaziergänger unterwegs, einige führten ihre Hunde aus. In der Ferne sah man eine Seebrücke, die sich weit in die aufgewühlte See vorwagte, etwa auf gleicher Höhe erhob sich am Ufer ein Riesenrad, das sich jedoch nicht zu drehen schien. Karl-Dieter schüttelte den Kopf über Mützes Plan. Das war doch die reine Verzweiflungstat! Was sollte die Patientenakte von Maggie schon enthalten, das sie weiterbringen konnte? Die Angaben zur Person schienen doch alle gefälscht zu sein.

»Und warum hält unser Doktor die Akte dann unter Verschluss?«

»Datenschutz, medizinische Schweigepflicht, was weiß ich. Ist doch nicht ungewöhnlich.«

Mütze schwieg und vergrub die Hände in den Taschen seiner Schimanskijacke. Karl-Dieter wusste, er würde den Freund von seinem Vorhaben nicht abbringen. Mütze konnte solch ein Sturkopf sein! Wenn das rauskam, wenn ihn jemand erwischte, war die letzte Hoffnung dahin, Maggie gemeinsam mit der Klinik zu finden. Ob man wollte oder nicht, man war doch weiter auf die Zusammenarbeit angewiesen. Wenn man schon solch verwegene Pläne schmiedete, war es dann nicht besser, sich einen Anwalt zu nehmen? In den USA wurden in Streitfällen schnell astronomische Summen verlangt, vielleicht würde die Angst vor Regressforderungen die Klinik bewegen, die Suche zu intensivieren. Doch auch diesen Gedanken verwarf Karl-Dieter wieder. Nein, das kam nicht infrage. Das sah doch aus, als wollten sie aus der Situation Kapital schlagen.

»Bitte sei vorsichtig«, murmelte er.

Mützes Handy meldete sich, eine neue Nachricht. Rasch griff er in die Tasche und sah nach.

»Wer ist es denn?«, fragte Karl-Dieter.

»Ahsen. Vom Kapitän noch keine Spur.«

* * *

Mit dem einbrechenden Abend verstummte der Wind, kaum ein Lüftchen war noch zu spüren. Die Wellen aber schlugen mit ungebrochener Heftigkeit an den Strand, als wollte das Meer gegen die zuvor erlittene stürmische Behandlung protestieren. Im Zimmer noch hörte Karl-Dieter das Rauschen.

Mütze hatte sich verabschiedet. Er müsse zu einem kleinen Erkundungsgang und die Qualität amerikanischer Schlösser inspizieren, bevor er sich zur mitternächtlichen Stunde an die Arbeit mache, hat er augenzwinkernd gesagt. Karl-Dieter hatte nur die Stirn gerunzelt und ihn gehen lassen. Was hätte er auch anderes machen sollen? Mütze war eben Bulle durch und durch und hasste es, untätig herumzusitzen. Hoffentlich ging nichts schief.

Erschöpft ließ sich Karl-Dieter in seinen Zimmersessel fallen. Er hatte nichts zu lesen mitgenommen, und selbst wenn er ein Buch dabeigehabt hätte, so hätte er doch kaum einen Blick hineingeworfen. Lesen, um sich abzulenken, funktionierte nicht, nicht jetzt, nicht in dieser Situation. Wie die Flügel eines Ventilators kreisten Karl-Dieters Gedanken um immer denselben Punkt. Auf Fernsehen hatte er erst recht keine Lust und selbst die Fortsetzung der Netflixserie *Downtown Abbey* lockte ihn nicht.

Unschlüssig griff er hinter sich und zog das Baby-Tagebuch heraus, das er für Lotte schrieb. Mit welcher Euphorie hatte er es vor neun Monaten ausgesucht: »Unser Wunschkind« stand darauf, und gleich nach der Nachricht, dass der Schwangerschaftstest positiv ausgefallen war, hatte er mit den Aufzeichnungen begonnen. Alle seine Gedanken und Gefühle, alles, was er erhoffte und befürchtete, hielt er darin fest. Für sich selbst und für Lotte. Wenn sie alt genug war, wollte er ihr das Tagebuch schenken.

Anfangs hatte er die Einträge mit »Mein liebes Kind« begonnen. Als sicher war, dass es nicht Lasse, sondern Lotte werden würde, schrieb er: »Mein liebes Lottchen«. Seit der Schreckensnachricht jedoch war er unfähig, auch nur einen Satz zu Papier zu bringen. Es ging einfach nicht mehr, seine Hand streikte. Vielleicht hätte ihm das Schreiben geholfen, vielleicht hätte er sich ein Stück weit befreit von dem Gebrodel seiner Ängste. Und doch, er schaffte es nicht, auch jetzt nicht.

Das geschlossene Tagebuch auf dem Schoß saß er in seinem Sessel versunken und wartete. Worauf er wartete? Er wusste es selbst nicht. Vielleicht darauf, dass sein Handy klingelte und Joanne ihm sagte, er solle den Fernseher einschalten, die Suchmeldung gehe über den Äther. Wenn sie eine Chance hatten, dann nur so. Von Mützes nächtlicher Aktion hingegen versprach sich Karl-Dieter nichts. Er schloss die Augen, um etwas zu ruhen, doch nun störte ihn das Rauschen des Meeres. Ächzend stand er auf, um das Fenster zu schließen. Als er in die Dunkelheit hinaussah, fiel ihm hinter dem Pavillon ein kleiner Rundbau auf, dem er bislang keine Beachtung geschenkt hatte. Aus den farbig gefassten, in Bögen angeordneten Fenstern, leuchtete es hell und freundlich. Ob das eine Kapelle war? Einem spontanen Gedanken folgend, zog sich Karl-Dieter Jacke und Schuhe an und ging hinaus.

* * *

Alles schien bereits zu Bett gegangen zu sein, kein Mensch war im Klinikpark zu sehen. Der Rundbau mit den bunten Fenstern stand auf dem südlichen Ausläufer des Hügels, ein Stück von dem Pavillon entfernt. An der hohen, doppelflügeligen Eingangstür war ein schwerer Türgriff aus Messing angebracht, der wie eine ruhende Taube gestaltet war.

Karl-Dieter trat ein. Er hatte sich nicht getäuscht. Zwar handelte es sich nicht um eine Kapelle im christlichen Sinn, wohl aber um einen Raum zur inneren Einkehr, zur Meditation. Bewusst hatte man auf jegliches religiöse Symbol verzichtet, lediglich ein Kranz von Sternen zierte die Stirnseite zwischen den Fenstern, neben einem Gesteck aus weißen Lilien brannte eine hohe Kerze. Seitlich hing ein bekanntes Bild von Picasso, das Mädchen mit der Taube in den Händen. Im Halbkreis angeordnet standen Stühle, auf denen gehäkelte Sitzkissen lagen. Karl-Dieter wurde an die geliebte katholische Inselkirche von Spiekeroog erinnert, die von ähnlicher Freundlichkeit war. Hier wie dort lag auf einem Tisch ein Buch aus, in dem man seine Gedanken niederschreiben konnte.

Die Kapelle war leer. Karl-Dieter nahm Platz und schloss die Augen. Wieder einmal wunderte er sich, wie die Umgebung die Gedanken beeinflussen konnte. Dem Architekten war es gelungen, die Ruhe des Raumes auf den Besucher zu übertragen. Es war eine konzentrierte, eine anregende Ruhe, kein beängstigendes Vakuum, keine nervöse Stille. Karl-Dieter spürte, wie sein Gedankenkreisen langsamer wurde, wie das Wirrwarr in seinem Kopf verschwand und eine Ordnung entstand. Endlich spürte er seine Mitte wieder. Und dann passierte es, das erste Mal, seitdem er in Amerika war. Er ließ es zu und kämpfte nicht dagegen an. Tränen schossen ihm in die Augen und die Worte *Lotte, Lotte, mein Lottchen* stammelnd schüttelte es ihn und er weinte, wie seit ewigen Zeiten nicht mehr, und es wurde ihm leichter ums Herz.

Wie lange er dort gesessen hatte, wusste er nicht mehr. Plötzlich spürte er eine Hand auf seiner Schulter. Rasch rieb er sich die Augen trocken und sah auf. Eine Frau blickte ihn freundlich an. Wie alt mochte sie sein? Dreißig, vielleicht vierzig? Sie trug ein blaues Kleid, darüber einen leichten Trenchcoat.

»Are you okay?«, sagte sie.

Es klang nicht wie eine Frage, es klang eher wie ein tröstendes Wort. Karl-Dieter wollte etwas antworten, aber seine Stimme war belegt, sodass er nur ein heiseres Hüsteln hervorbrachte. Die Frau nickte ihm warmherzig zu und wollte wieder gehen, da erhob sich Karl-Dieter und machte eine einladende Handbewegung. Sie verstand und setzte sich wie selbstverständlich neben ihn. Eine Weile schwiegen sie gemeinsam, es war kein angespanntes, kein unangenehmes Schweigen, sondern ein stilles Einverständnis, so wie man mit einem Menschen schweigt, mit dem man gut vertraut ist. Karl-Dieter war es, der das Schweigen schließlich brach.

»Sie erwarten ein Kind?«

Die Frau legte ihre Hände über dem Bauch zusammen und nickte.

»Entschuldigen Sie«, sagte Karl-Dieter eine Spur zu hastig, »ich will Ihnen nicht zu nahe treten.«

»Ich heiße Britt«, sagte die Frau.

»Karl-Dieter.«

So begann Britt zu erzählen. Sie komme aus dem Norden, von den Großen Seen, aus einer Stadt nahe der Grenze zu Kanada. Eine wahre Odyssee liege hinter ihr. Seit zehn Jahren schon wünschten sie und ihr Mann sich ein Kind, nichts habe geklappt. Die Kinderwunschklinik sei ihre letzte Hoffnung gewesen und nun erwarteten sie ein Mädchen. Morgen würde es zur Welt kommen.

»Wenn alles gutgeht«, fügte sie hinzu.

»Alles wird gutgehen, ganz bestimmt wird es das. Wie wird Ihr Mädchen heißen?«

»Anny. Meine Mutter hieß so.«

»Anny, ein schöner Name.«

»Warum haben Sie geweint?«

Karl-Dieter sah sie überrascht an. Er zögerte einen kurzen Moment, dann begann er, seine Geschichte zu erzählen, ohne Umschweife, in aller Direktheit, erzählte, warum sie so überstürzt und vor der Zeit nach Amerika gereist waren. Kaum jedoch hatte er begonnen, erbleichte Britt.

»Sie sind das also!«

»Haben Sie davon gehört?«

»Aber natürlich!«

»Haben Sie Maggie gekannt?«

Britt senkte den Blick. Eine Weile schwieg sie, dann sah sie auf, sah zu der Kerze hinüber und sprach: »Ja, ich kenne Maggie.«

* * *

Als Karl-Dieter die Kapelle verließ, tanzte es wieder wirr in seinem Kopf. Er hatte ein Weilchen gebraucht, um seinen Gedankensturm etwas zu sortieren, vom

Gefühlssturm ganz zu schweigen, war noch sitzen geblieben, als sich Britt verabschiedet hatte. Er war ihr dankbar, unendlich dankbar, auch wenn seine Ruhe wieder dahin war. Endlich sah er klarer, endlich gab es eine Hoffnungsspur. Was ihn so erleichterte: Es schien kein abgekartetes Spiel zu sein, kein Betrug, kein Babyhandel. Ein Unglück war schuld, etwas Schreckliches musste passiert sein, etwas, das nicht mit ihrem Baby zusammenhing. Deshalb war Maggie abgereist. Nur Britt hatte sie sich anvertraut, ihrer Zimmernachbarin, unter dem Siegel der Verschwiegenheit hatte sie stotternd erklärt, dass sie dringend aufbrechen müsse, auch wenn sie nicht sagen könne, warum und wohin. Nur dass es ein Notfall sei, hatte sie gesagt.

Dass Britt ihr Schweigeversprechen gebrochen hatte, dass sie es ihm in der Kapelle erzählt hatte, war einem wunderlichen Zufall zu verdanken. Denn dass sie sich beide zu solch später Stunde an denselben Ort begeben hatten, die kleine Kapelle, konnte man doch nur einen Zufall nennen. Oder war es kein Zufall? Hatte auch das seine tiefere Bedeutung? Wie auch immer, er musste dringend los, Mütze davon berichten, bevor der Freund aufbrach zu seiner unsinnigen Aktion.

Karl-Dieter sah auf die Uhr. Bis Mitternacht war es noch etwas hin, er würde noch rechtzeitig kommen.

Doch als er ihre Zimmertür öffnete, war von Mütze keine Spur mehr zu sehen. Auf dem Tisch aber lag ein weißer Zettel. »Bin schon los«, stand darauf. Mit einem Zwinker-Smiley dahinter.

Dienstag

Hatte Mütze gehofft, zur mitternächtlichen Uhrzeit würde kein Mensch mehr im Verwaltungstrakt sein, so hatte er sich getäuscht. Die Amerikaner waren ein vorsichtiges Völkchen, selbst ihre Verwaltung ließen sie durch einen Pförtner bewachen. Ein kleiner Kieselstein aber, gezielt gegen das Fenster geworfen, lenkte den diensthabenden Portier ab, und Mütze gelang es, ungesehen an dem Glaskasten vorbeizuhuschen und weiter zum Treppenhaus zu schleichen, denn den Aufzug zu nehmen, verbot sich natürlich.

Den Weg zum Büro von Doktor Hope kannte Mütze ja bereits, die Tür zu öffnen erwies sich als leichter als gedacht. Zufrieden steckte der Kommissar seine Kreditkarte wieder ein. Da gab die Klinik viel Geld für einen Pförtner aus und sparte an den Türschlössern. Vorsichtig schloss Mütze die Tür hinter sich und schaltete das Licht seines Handys an. Grinsend sah ihm der Buddha ins Gesicht.

Mütze hatte sich gemerkt, wo der Chefarzt die Krankenakten aufbewahrte, in dem Schrank neben der Statue, direkt hinter dem Schreibtisch. Der Schrank war mit einer Art Rollo verschlossen. Auch dieses Schloss war schnell geknackt, Mütze zog die obere Schublade mit den Hängemappen heraus. Dummerweise waren die Akten nicht alphabetisch geordnet, sondern trugen laufende Nummern. Wo mochte Maggie Egmonts Akte stecken? Oder ob die Akte auf seinen oder Karl-Dieters Namen angelegt war?

Mütze hatte gerade die zweite Lade herausgezogen, als er Schritte hörte. Kein Zweifel, da lief jemand den Gang entlang. Vielleicht der Nachtwächter. Vorsichtig schloss Mütze den Schrank wieder und schaltete das Handylicht aus. Die Schritte kamen näher und verstummten. Einen kurzen Moment herrschte Stille, dann wurde die Tür geöffnet und das Licht flammte auf. Gerade noch rechtzeitig hatte sich Mütze hinter den Buddha gequetscht. Er hörte das Geräusch des Rollos und wie eine Schublade herausgezogen wurde. Mütze hielt den Atem an. Im spiegelnden Glas eines Hängeschranks sah er Doktor Hope, sah, wie der Arzt eine Akte herausnahm, kurz darin blätterte, sie dann an sich nahm und wieder verschwand.

Mütze wartete ab, bis sich die Schritte auf dem Gang entfernten, dann schob er sich aus seinem Versteck hinaus. Es hatte keinen Sinn mehr, nach der Akte zu suchen. Er war zu spät gekommen.

* * *

»Mensch, Mütze!«

Kopfschüttelnd hörte Karl-Dieter zu, was Mütze zu erzählen hatte und wie er sich hatte verstecken müssen.

»Ich wäre in dem Moment glatt zum Buddhisten geworden«, lachte der Freund.

Karl-Dieter hatte keinen Sinn für diese Art von Humor. Wenn Doktor Hope Mütze erwischt hätte, was für einen Ärger hätte es gegeben! Doch es blieb keine Zeit, darüber zu diskutieren, alles drängte Karl-Dieter danach, Mütze von seiner Begegnung in der Kapelle zu berichten. Mütze warf sich in den Zimmersessel und hörte aufmerksam zu.

»Verstehst du, Mütze. Wir tun Maggie unrecht. Etwas Außergewöhnliches muss sie gezwungen haben, Hals über Kopf zu verschwinden, eine Angelegenheit, die keinen Aufschub duldete, ein Notfall.«

Mütze zuckte skeptisch mit dem Mund. Einen Notfall, den man nicht kommunizieren konnte? Was für ein Notfall sollte das sein? Warum war sie nicht zu Doktor Hope gegangen? Karl-Dieter war einfach sehr naiv, das meinte Mütze nicht böse, ganz im Gegenteil. Karl-Dieter wollte an das Gute im Menschen glauben und übersah dabei oft die Realitäten. Fakt aber blieb, diese Maggie war eine ausgebuffte

Betrügerin. Warum sonst hatte sie sich unter falschem Namen in der Klinik angemeldet?

Alle Erklärungsversuche von Karl-Dieter entsprangen doch nur seinem Wunschdenken. Er wollte sich ihre Leihmutter als eine sympathische Frau denken und war heilfroh, ja fast erleichtert, nun eine Erklärung für ihr Verhalten geliefert zu bekommen, die sie wieder in hellerem Licht erscheinen ließ. Denn auch das hatte zu seiner Verzweiflung beigetragen, die Tatsache, sich in einem Menschen übel getäuscht zu haben. Nun versuchte er, sein zerstörtes Weltbild in aller Eile wieder zusammenzuzimmern.

Wir tun Maggie unrecht!

Mütze musste sich beherrschen, nicht laut loszulachen. Wenn jemand jemandem unrecht tat, dann war es doch genau andersherum. Maggie war die Betrügerin und nicht das Opfer. Dennoch, der Hinweis dieser Britt aus der Krankenhauskapelle war natürlich wertvoll, ohne Frage. Und er brachte Mütze auf einen neuen Gedanken.

»Ich muss noch mal los.«

»Aber warum denn?«

»Es gibt noch ein weiteres Zimmer, das dringend inspiziert gehört!«

* * *

Dieses Mal kam Karl-Dieter mit. Auch wenn es Mütze nicht gefiel. »Freundschaft, das ist eine Seele in zwei Körpern.« Hatte Platon das gesagt oder der Philosoph aus der Tonne? Egal, es stimmte und darauf kam es an. Da ließ man den Freund nicht allein, nicht in solch wichtigen Momenten. Vielleicht konnte er sich nützlich machen, indem er Schmiere stand. Mütze protestierte auch nicht groß, so zogen sie los.

Die einzelnen Gebäudetrakte der *Fertility Clinic* waren nicht durch Gänge miteinander verbunden, sie mussten hinaus in die Nacht. Die Uhrzeiger waren schon auf halb zwei gerutscht, das Klinikgelände lag in tiefer Ruhe, auch der Nachtvogel hatte aufgehört, sein Lied zu singen. Kühl war es geworden. Karl-Dieter knöpfte sich die Jacke zu. Was versprach sich Mütze nur von der Aktion? Sie wussten doch, dass Maggie ihre Koffer gepackt und all ihre Sachen mitgenommen hatte. Was erhoffte sich Mütze? Zumal Doktor Hope und der Sergeant schon nichts in ihrem Zimmer gefunden hatten.

Sie passierten die zentrale Parkanlage, um die sich die Gebäude der Klinik gruppierten. Schräg gegenüber dem Gästehaus lag das Haus der *Surrys*. Auch hier gab es eine Pförtnerloge, an der sie unbemerkt vorbeikommen mussten. Dieses Mal kam ihnen der

Zufall zur Hilfe, wenn es denn ein Zufall war. Mütze hatte sich gerade gebückt, um nach einem Steinchen zu suchen, das er ans Fenster werfen konnte, da flammte im Eingangsbereich des niedrigen Nachbargebäudes Licht auf und durch die sich öffnende Glastür eilten zwei Frauen in Weiß mit einer leeren Krankenliege, die sie zum Haus der *Surrys* schoben. Die eine von ihnen schien Joanne zu sein, ja, es war Joanne. Rasch verließ der Pförtner seine Loge, um den Frauen zu öffnen und in den Lastenaufzug zu helfen, der sich im rechten Teil des Foyers befand.

»Los!«, flüsterte Mütze.

Gebückt liefen sie auf den Eingang zu. Den Moment ausnutzend, in dem sich die große Aufzugstür öffnete und der Pförtner den Frauen dabei half, die Liege hineinzuschieben, eilten Mütze und Karl-Dieter zum Treppenhaus und weiter die Stufen hinauf zum ersten Stock. Zum Glück hatten sie sich Maggies Zimmernummer gemerkt. Das Zimmer 156 befand sich am Ende des Gangs. Wieder war Mütze mit seinem Kreditkartentrick erfolgreich. Karl-Dieters Sorge, Maggies Zimmer könnte neu belegt worden sein, erwies sich als unbegründet. Der Raum war leer, nichts lag oder stand herum. Er machte den Eindruck eines nüchternen Hotelzimmers, mit einem kleinen Badezimmer neben der Eingangstür, einem Bett, einem

Schreibtisch, einem Schrank, einer Sitzgruppe mit zwei Sesselchen.

Das also war das Zimmer, in dem ihre Kleine herangewachsen war, behütet und geschützt im Bauch von Maggie, zugleich jedoch ihrer Ziehmutter auf Gedeih und Verderb ausgeliefert. Warum dieses werdende Leben nur so abhängig sein musste, abhängig von Menschen, denen es wenig bis nichts bedeutete und die nur aus finanziellen Interessen handelten. Karl-Dieter trat ans Fenster und sah hinaus in die Nacht, sah, wie Joanne mit ihrer Kollegin die Liege zurück ins Nachbarhaus schob. Auf der Liege lag eine Frau. Im blassen Schein der Laterne glaubte Karl-Dieter Britt zu erkennen, die Geburt hatte eingesetzt, ihr Gesicht war schmerzhaft verzerrt. Karl-Dieter gab es einen Stich. Hoffentlich ging alles gut.

Mütze hatte begonnen, sich umzusehen. Als Erstes ging er ins Bad und drehte den Hygieneeimer auf den Kopf, nur ein dünner Plastikstreifen segelte zu Boden. Darauf ging er ins Zimmer zurück, bückte sich und sah unter dem Bett nach. Fehlanzeige. Als Nächstes nahm er sich den Schrank vor. Er wollte ihn schon wieder schließen, als er plötzlich in die Knie ging und durch die Zähne pfiff. Er zog einen länglichen Zettel hervor, der in der Spalte zwischen Rückwand und Boden des untersten Fachs eingeklemmt gewesen war.

»Was ist das?«, fragte Karl-Dieter.

»Sieht nach einem Gepäckanhänger aus«, sagte Mütze und hielt den Zettel gegen das Licht.

Karl-Dieter sah ihm über die Schulter. Es handelte sich um ein Baggage-Label, einen dieser grünweißen Streifen, die einem eine hilfsbereite Kraft beim Einchecken um den Koffergriff band, um zugleich das zweite Teil auf das Flugticket zu pappen.

»SEA, ORD, MYR ...«, buchstabierte Mütze.

»MYR wird der Flughafen von Myrtle Beach sein«, sagte Karl-Dieter.

Mütze zog sein Handy hervor, um nachzugoogeln. »Du hast Recht. Und ORD steht für den internationalen Flughafen von Chicago, SEA für Seattle.«

»Seattle! Dort könnte Maggie gestartet sein, um in Chicago in den Flieger nach Myrtle Beach umzusteigen.«

»Hm.«

»Vielleicht kommt sie aus Seattle.«

»Zumindest scheint sie dort in den Flieger gestiegen zu sein.«

Karl-Dieters Hirn fing an zu fiebern. Wenn Maggie aus Seattle kam oder aus der Nähe und sich ein Notfall bei ihr zu Haue abgespielt hatte, so wie sie es Britt anvertraut hatte, was lag da näher, als anzunehmen, dass sie wieder nach Seattle zurückgeflogen war? Aller Wahrscheinlichkeit nach unter ihrem richtigen Namen.

Vielleicht erinnerte sie jemand am Schalter der Airline, sie hieß *Spirit*, an sie? Mütze hatte dieselbe Idee.

»Los! Lass es uns beim Flughafen versuchen!«

* * *

Ob um diese Uhrzeit bereits jemand am Schalter saß? Kurz hatten sie im Taxi diskutiert, den Sergeanten um Hilfe zu bitten, waren aber von dem Gedanken wieder abgekommen. Wie sollten sie ihm erklären, wie sie an den Kofferzettel gekommen waren? Nichts als Ärger hätten sie sich eingefangen. Es ging nicht anders, sie mussten es auf eigene Faust probieren.

Die freundliche Blondine am Schalter von *Spirit* wirkte erstaunlich munter für die frühe Uhrzeit. Sie trug ein kanariengelbes Kleid mit dem blauen Aufdruck der Airline. Als Mütze ihr schilderte, worum es ging, lachte sie kurz auf. Die gesuchte Bekannte sei sicherlich nicht mit ihrer Airline geflogen.

»Really not!«, sagte sie.

»Wie können Sie da sicher sein?«, fragte Mütze misstrauisch.

»Sie sagten doch, Ihre Bekannte sei hochschwanger.«

»Right.«

»Hochschwangere werden bei *Spirit* nicht mitgenommen und von den anderen Airlines ebenfalls nicht. Vorschriften. Stellen Sie sich vor, eine Geburt über den Wolken, nein, nein, so viel Aufregung können wir nicht gebrauchen.«

* * *

Müde und erschöpft ließen sich die Freunde auf zwei Sitze aus Stahlgeflecht fallen. Mütze hatte aus einem Automaten zwei Kaffee gezogen, zerstreut nippten sie an den Pappbechern. Was nun? Auf welchem Weg konnte Maggie nach Seattle gereist sein? Karl-Dieter gab die Route in Google-Maps ein. Verschiedene Reisealternativen wurden aufgezeigt.

»Fast dreitausend Meilen!«

»Mann, verdammt. Wie viele Kilometer sind das?«

»Fast fünftausend. Mit Bahn und Greyhoundbussen dauert die Fahrt über vier Tage.«

»Und mit dem Auto?«

»Immer noch 44 Stunden.«

»Okay, dann lass es uns bei den Mietwagenverleihern versuchen.«

Lag es an der Müdigkeit? Am ungewohnten Kaffee? Plötzlich spürte Karl-Dieter wie sein Herz zu hämmern begann, ein kalter Schwindel befiel ihn. Hektisch kämpfte er gegen die aufsteigende Angst an. Jetzt nur nicht umfallen! Das fehlte gerade noch. Er war doch ein Ruhrpottjunge, neigte nicht zur Panik. Trotzdem, im Augenblick ging ihm gewaltig die Düse, der Hals war wie zugeschnürt, es fehlte nicht viel und er drohte, das Bewusstsein zu verlieren. Nur ruhig, ganz ruhig! Ruhig atmen! Ganz ruhig durchatmen! Das war das Wichtigste. Er war froh, als sie das Flughafengebäude verließen und an die frische Luft traten.

»Geh du schon mal vor«, sagte er und ließ Mütze allein den Pavillon der Mietwagenverleiher betreten. Er selbst ging in die Knie und wischte sich mit beiden Händen über das kaltschweißige Gesicht.

Zum Glück wurde der Schwindel etwas besser. Zwar hatten sie endlich eine Spur, was aber half das? Ihr Baby, ihre Lotte war in höchster Gefahr. Karl-Dieter kämpfte gegen den Gedanken an, aber er drängte sich immer wieder auf.

Er sah Maggie allein im Auto durch die Nacht fahren, getrieben von der Sorge, nicht rechtzeitig zu Hause anzukommen, sah, wie sich ihr Gesicht plötzlich verzog, so wie das von Britt vorhin, von Schmerzen verzerrt durch die eintretenden Wehen, sah, wie Maggie auf einem einsamen Highway an den Straßenrand fuhr, um in einem Graben ihr Kind zur Welt zu bringen, aber es kam nicht, es konnte nicht kommen, es lag doch falsch und war zu groß. Irrsinnige Schmerzen peinigten Maggie, sie brauchte dringend Hilfe, doch woher sollte Hilfe kommen? Wehe um

Wehe erschütterte ihren Körper, bis ... ja, bis was? Bis sie das Bewusstsein verlor? Vielleicht riss ihre Gebärmutter, vielleicht verblutete sie innerlich und mit ihr das Kind.

Karl-Dieter kannte sich aus, hatte alles über Schwangerschaft und Geburt gelesen, oh, wie er sie jetzt verfluchte, all die Bücher! Lotte, seine Lotte, wer konnte sie noch retten? Und selbst, wenn die Geburt glückte, Doktor Hope hielt das ja nicht für unwahrscheinlich, würde Maggie Lotte nicht im Graben zurücklassen und weiterfahren? Während er hier sinnlos am Flughafen vom Myrtle Beach herumsaß, schrie sein Mädchen nach ihm, weinte und wimmerte und er konnte ihr nicht helfen. Wie furchtbar war das!

* * *

»Sixt!«

Mütze! Mütze stand plötzlich neben ihm, in der Hand ein Foto.

»Das ist der Wagen.«

Die Fotokopie zeigte einen weinroten Ford Edge.

»Bist du sicher?«

»Hundertpro! Der Typ am Schalter hat Maggie auf dem Foto eindeutig erkannt.«

»Dann weiß er vielleicht auch ihren richtigen Namen, Führerschein, Kreditkarte und so.«

»Leider nein. Hat den falschen Ausweis benutzt, den auf den Namen Maggie, und hat bar bezahlt. Auch die Kaution hat sie bar hinterlegt, das reicht hier aus.«

»Weiß man, wohin sie will?«

»Das weiß man tatsächlich. Jedenfalls kennt man die Station, an der sie den Wagen abgeben will.«

»Wo ist das?«

»In Seattle.«

* * *

44 Stunden reine Fahrtzeit. Selbst wenn Maggie jeden Tag 16 Stunden am Steuer saß, würde sie doch zweieinhalb Tage brauchen. Den Wagen hatte sie am Samstag um 12:50 Uhr Ortszeit gemietet, jetzt war es Dienstag, 3:30 Uhr. War Maggie, was zu vermuten war, gleich losgefahren, musste sie noch einige Stunden bis Seattle brauchen.

»Sie könnte Washington schon erreicht haben«, murmelte Mütze mit Blick auf sein Handy.

»Washington?«

»State Washington. Der Bundesstaat, in dem Seattle liegt.«

Mütze kramte einen Kuli aus seiner Schimanskijacke und rechnete noch einmal sorgfältig nach. »Sie könnte von den 44 Stunden bis jetzt 41 zurückgelegt haben. Wahrscheinlich hat sie gerade eine

Nachtpause eingelegt. Wenn sie morgen früh aufbricht, braucht sie dann noch circa drei Stunden.«

Karl-Dieter schüttelte den Kopf. »Dann ist sie jetzt schon da. Würdest du dich, wenn du dringend nach Hause müsstest, drei Stunden vor dem Ziel in ein Motel legen?«

Mütze nickte, gab aber zugleich zu bedenken, dass 16 Fahrtstunden am Tag kaum zu machen waren, erst recht nicht zwei Tage hintereinander und für eine Hochschwangere.

»Ich gehe noch mal zu Sixt«, rief er, dieses Mal folgte ihm Karl-Dieter.

Der Sixt-Verleiher schaute etwas genervt, als er Mütze wieder auftauchen sah.

»Können Sie uns sagen, ob der Wagen in Seattle vielleicht schon zurückgegeben worden ist?«

»Ich hab Ihnen schon zu viel gesagt, das reicht jetzt«, erwiderte er genervt, »meinen Sie, wegen Ihnen riskiere ich meinen Job?«

»Aber es handelt sich doch um einen Notfall!«

»Kann jeder behaupten.«

In Mütze stieg die Wut auf. Mann! Zu dumm, dass sie nicht in Deutschland waren! Dann würde er dem Typen seinen Ausweis unter die Nase knallen. Hier in den Staaten aber war er nur ein radebrechender Ausländer. Karl-Dieter, sag du doch was, forderte er ihn mit stummen Blicken auf.

Doch der Freund starrte mit großen Augen auf das Fernsehgerät, das hinter dem Schalter an der Wand hing. Maggie, das war Maggie! Joanne hatte Wort gehalten, ihr Bruder von der TV-Station hatte die Nachricht aufgegriffen, nun suchte man nach Maggie, öffentlich!

Sprachlos schaute auch der Sixt-Verleiher auf den Bildschirm. Dann murmelte er eine Entschuldigung und begann zu telefonieren.

»Tut mir leid, der Wagen ist noch nicht abgegeben worden!«

* * *

Es regnete. Und wie es regnete. Die Tropfen prasselten gegen die Windschutzscheibe, vergeblich mühten sich die Wischer. Mütze klebte hinter dem Lenkrad, um den Straßenverlauf zu erahnen. Vor einer knappen Stunde waren sie in Seattle gelandet. Sie hatten den Flieger in Chicago wechseln müssen, ein Monsterflughafen, fast eine halbe Stunde hatten sie laufen müssen, um von einem Gate zum anderen zu gelangen.

Mütze hatte seine Freude nicht verbergen können, er hatte am Flughafen von Seattle einen Ford Mustang erhalten, der Manta Amerikas, wie er meinte. Über ein verschlungenes Geflecht von mehrspurigen Hochstraßen ging es navigeleitet vom Flughafen, der im Süden lag, Richtung Innenstadt. Die für die Rückgabe des Wagens vereinbarte Mietstation lag in Hafennähe, in der South Main Street, Downtown Seattle.

Die Autoverleihstation von Seattle hatte versprochen, ihnen sofort Bescheid zu geben, wenn Maggie, wie auch immer sie richtig hieß, den Wagen zurückbrachte. Noch war keine Nachricht eingegangen. Das konnte ein gutes Zeichen sein, zugleich jedoch auch ein schlechtes.

Im Regengrau meinte Karl-Dieter das Wahrzeichen der Pazifikstadt zu erkennen, die schlanke Space Needle, den berühmten Aussichtsturm mit Restaurant. Unter anderen Umständen hätte sich Karl-Dieter auf die Pazifikmetropole gefreut, nun aber beherrschte ausschließlich die Sorge um Lotte sein Denken. Ihr Plan war, an der Mietstation in der South Main Street zu warten, bis Maggie auftauchte.

Was aber, wenn sie nicht kam? Wenn sie es sich anders überlegt hatte? Wenn gar sein schlimmster Albtraum wahr geworden war, wenn die Geburt schon stattgefunden hatte?

Zwar war es Mütze gelungen, ihn immer wieder zu beruhigen, wenn seine Sorgen überschwappten, der errechnete Geburtstermin sei doch erst in ... jetzt war es nur noch eine Woche. Andererseits, wie viele Kinder hielten sich nicht an Mathematik? Karl-Dieter hatte mal gelesen, die wenigsten Babys kämen zum errechneten Termin auf die Welt. Zudem konnte Stress eine Geburt vorzeitig auslösen, das war in jedem Ratgeber zu lesen, und wer stand massiver unter Stress als eine Schwangere, die durch eine schlimme Nachricht geschockt drei Tage quer durch Amerika fuhr, allein mit dem Auto? Karl-Dieter hatte allen Ernstes überlegt, die Geburtskliniken entlang der Route anzurufen, war aber von dem Gedanken wieder abgekommen. Das Wahrscheinliche war wahrscheinlich, pflegte Mütze zu sagen. Also erst mal zum Autoverleih.

Als sie in die South Main Street einbogen, hörte es auf zu regnen und wie durch Geisterhand fing die Sonne an zu strahlen. Alles blitzte und blendete, sodass Mütze die Sonnenblende des Mustangs herunterklappen musste, um den Autoverleih zu finden. Die Station bestand aus einer niedrigen Garage, die zwischen zwei Wolkenkratzer gequetscht war, wie ein Dackel zwischen die Beine eines Riesen.

Ein Mann mit ölverschmierten Händen empfing sie mit einem lauten »Hello, guys!« und wies ihnen einen Stellplatz neben einer großen Reklametafel zu. »We can chill«, stand in großen Lettern auf dem Plakat, neben dem Hinweis auf das *Greenside Recreational*, was immer das war.

»Chillen, ja das wär's«, dachte sich Karl-Dieter und

stieg aus dem amerikanischen Manta. Das flaue Gefühl in seinem Magen verstärkte sich.

»Die Lady ist noch nicht vorgefahren«, sagte Nigel, der Mechaniker, und grinste.

Er stellte sich heraus, dass er bestens informiert war, und er schien seinen Spaß an der Sache zu haben. Ob die Amerikaner alles so locker nahmen?

»Wollt ihr einen Kaffee? Man sagt, ich brüh den besten bis hinauf nach Kanada.«

* * *

Warten. Es gab nichts Schlimmeres, als warten zu müssen. Von einem Schnellimbiss um die Ecke hatte Mütze zwei Hamburger organisiert, dazu eine Papiertüte voll Pommes. Normalerweise tat es seinen Nerven gut, wenn er was in den Bauch bekam, nun aber wurde es Karl-Dieter übel. Dabei war gegen die Pommes nichts zu sagen. Es war etwas anderes. Eine innere Stimme sagte ihm, dass sie hier vergebens herumsaßen. Was aber sollten sie sonst tun?

Nigel tat sein Bestes, sie aufzuheitern, kam zwischendurch immer wieder zu ihnen und gab ihnen Tipps, was sie sich unbedingt anschauen sollten. Die Versteigerung der Lachse am Fischereihafen dürften sie keinesfalls versäumen, das sei ein Spaß, wenn die Riesendinger dem neuen Besitzer zugeworfen würden, auch ein Ausflug nach Vancouver-Island sei ein Muss. Da würden Bäume wachsen – oh boy! – dick wie die dicksten Truckreifen.

»Der Regenwald, versteht ihr? An der Pazifikküste gibt es Regenwälder wie in Afrika, nur ohne Affen.«

Die Freunde hatten sich auf zwei Getränkekisten gesetzt, sodass sie die South Main Street im Blick hatten. Der Verkehr war dicht, es wurde gehupt und die Luft war so dick wie einst in Dortmund, als der Pott noch rauchte. Viele Elektroautos schien es im Land von Tesla noch nicht zu geben. In regelmäßigen Abständen schaltete die nahe Ampel, die mit Stahlseilen zwischen Hochhäuser gespannt über der Straße zu schweben schien, auf Grün und spuckte die nächste Horde Autos aus.

Immer, wenn sich ein weinroter Wagen näherte, zuckte Karl-Dieter zusammen. So sehr er es herbeisehnte, dass Maggie endlich kam, desto nervöser wurde er. Was sollten sie ihr denn sagen, wenn sie vor ihnen stand? – Hallo, wir sind die Väter von dem Baby, das in deinem Bauch strampelt. Sei bitte so gut und bekomm jetzt brav das Kind, so wie wir es vereinbart haben.

Wenn sie nur wüssten, warum Maggie so überstürzt aufgebrochen war. Sie hätte doch zumindest eine Nachricht hinterlassen können, etwas schreiben wie: Macht euch keine Sorgen, es ist nicht wegen eurem Baby, es ist etwas anderes, das nichts mit euch zu tun hat. Ihr bekommt das Kind natürlich, ich muss nur dringend etwas klären. So in der Art. Die verrücktesten Fantasien bestürmten Karl-Dieter, ständig war er damit beschäftigt, sie wieder beiseitezuwischen. Selbst an Organhandel hatte er schon denken müssen, an einen chinesischen Milliardär, der dringend eine neue Leber brauchte, an die furchtbarsten Dinge. Nur langsam gelang es ihm, sich wieder zu beruhigen. Er versuchte sich klarzumachen, dass alles nur eine Verkettung unglücklicher Zufälle sein konnte, dass Maggie im Grunde ihres Herzens unschuldig war. Wie ein böser Stachel aber tauchte daraufhin stets aufs Neue die Frage auf, warum sie ihre wahre Identität verschleierte. Was hatte sie zu verbergen? Hoffentlich griffen auch andere Fernsehstationen die Suchnachricht auf, es musste doch irgendjemanden geben, der wusste, wer Maggie war und wo sie steckte.

Erneut zog Karl-Dieter ihr Foto hervor. Es wollte ihm einfach nicht gelingen, sie zu hassen. Lag es an der leichten Unsicherheit ihres Blicks, an den kleinen Sorgenfältchen um ihre Augen? Irgendetwas ließ sie sympathisch erscheinen, und dieses Gefühl beschützte sie davor, verabscheut zu werden. Mütze hatte spöttisch lächeln müssen. Wenn Verbrecher alle wie Al Capone aussehen würden, würde das die Fahndung wesentlich erleichtern, hatte er trocken bemerkt.

Aber auch Mütze, so überlegen er tat, hatte keine klare Antwort auf die Frage, was sie machen sollten, wenn Maggie aus dem Auto stieg. »Das wird sich ergeben«, sagte er nur knapp, »jedenfalls werden wir sie nicht mehr aus den Augen lassen, bis unser Kind auf der Welt ist.«

Erneut diskutierten sie, ob sie nicht die örtliche Polizei um Hilfe bitten sollten, kamen aber von dem Gedanken wieder ab. Die Rechtsgrundlage war einfach zu unsicher. Es lag kein Kidnapping vor, keine Entführung, kein greifbares Verbrechen. Nur ein ungeheurer Wortbruch. Man konnte lediglich an Maggie appellieren, versuchen, sie zur Vernunft zu bringen. Wenn sie Aug in Aug mit ihnen sprechen musste, würde sie schon zur Vernunft kommen. Schließlich war sie vertragsbrüchig geworden, stand in ihrer Schuld.

Wieder schaltete die Ampel auf Grün und spuckte die nächste Horde Autos aus, wieder war der Wagen von Maggie nicht dabei.

* * *

So hatte er es sich nicht vorgestellt, Vater zu werden. Alles war doch schon kompliziert genug, und nun das noch. Neidvoll betrachtete Karl-Dieter jeden Kinderwagen, der den Bürgersteig entlanggeschoben wurde. Ob den jungen Eltern bewusst war, wie viel Glück sie hatten? Wie lange hatte es gedauert, Mütze davon zu überzeugen, das Abenteuer Vaterschaft zu wagen. Wie aufwendig war es gewesen, all die Fragen rund um die geplante Schwangerschaft zu klären, von den Kosten ganz zu schweigen. Indien wäre billiger gekommen, hätte nicht einmal die Hälfte gekostet, für Karl-Dieter aber waren nur die USA infrage gekommen. Wegen der Zuverlässigkeit, der Standards, aber auch wegen der rechtlichen Sicherheit und der besten medizinischen Versorgung, nicht zuletzt für die Leihmutter. Und jetzt das. Amerika, Land der unbegrenzten Enttäuschungen! Obwohl, er durfte nicht ungerecht sein. Doktor Hope konnte nichts dafür. Damit war nicht zu rechnen gewesen.

Immer wieder stellte sich Karl-Dieter heimlich die Frage, ob er mit einem Fluch belegt war. Vielleicht wollte es das Schicksal so, vielleicht sollte es so sein, dass er kinderlos bleiben musste. Wenn Maggie nicht wiederauftauchte, wenn er seine Lotte nicht in die Arme schließen durfte, war der Traum endgültig zerplatzt. Keinem zweiten Versuch würde Mütze zustimmen, da war er sich sicher, und selbst wenn, er selbst würde die Kraft für ein zweites Mal nicht mehr aufbringen. Er würde damit leben müssen, wie auch immer. Nichts aber würde mehr so sein wie zuvor. Das Grauen, er würde es nicht mehr abstreifen können, die grauenvolle Ungewissheit, was mit Lotte war. War sie tot oder lebte sie? War sie gesund? Wer sorgte sich um sie, wer brachte sie zu Bett, wer gab ihr zu trinken? So schrecklich sich das anhörte, der Gedanke, sie könnte gestorben sein, hatte sogar etwas Tröstliches. Denn dann war es abgeschlossen, dann konnte er trauern und loslassen. Nichts Furchtbareres, als ein Kind zu haben und nicht zu wissen, wo es lebte und wie es ihm ging.

»Noch einen Kaffee?«

Er sah auf. Es war Nigel. Karl-Dieter schüttelte den Kopf und zwang sich zu einem Lächeln. Später vielleicht.

* * *

Der Anruf erreichte Karl-Dieter, als er an der Hafenpromenade entlanglief. Die Freunde hatten sich getrennt. Während Mütze weiter beim Autoverleih wartete, war Karl-Dieter losgezogen, ihr Hotelzimmer zu beziehen. Bis zum Abend war es nicht mehr lang, sie wollten in zwei Schichten Wache halten, einer von ihnen würde stets vor Ort ausharren. Zum Hafen brauchte es von ihrer Unterkunft nicht weit, der Weg war gut zu Fuß zu schaffen, tauchte Maggie auf, war derjenige, der im Hotel ruhte, schnell herbeitelefoniert. Weitere 24 Stunden wollten sie noch auf Maggie warten, darauf hatten sich die Freunde geeinigt. Was sollten sie auch sonst tun? Man konnte nur ausharren und hoffen.

Karl-Dieter hatte gerade das Gebäude des Hafenmeisters passiert, als sich sein Handy meldete. Ihn durchzuckte ein Schrecken, es war Joanne. Karl-Dieter trat nahe an die Kaimauer heran, weil es dort ruhiger war, und während Joanne zu erzählen begann, sah er über das Hafenbecken hinaus. Alles, was vor ihm lag, brannte sich ihm so genau ein, dass er noch Jahre später hätte erzählen können, wie der Hafen von Seattle aussah: Die Kräne von der Containerverladestation, das mit bunten Lichtern für eine Touristenrundfahrt geschmückte Boot, die schwappenden Bojen auf den Wellen, die dicke Möwe, die auf einer der Bojen saß, ja, selbst das kleine Ruderboot, das sich weit draußen in Richtung auf das offene Meer hinausbewegte, alles würde ihm für immer vor Augen stehen, unauslöschlich wie eine Fotografie.

»Karl-Dieter, sind Sie noch dran, hören Sie mich?«

»Yes, off course, Joanne, I'm listing.«

»Wie gesagt, die Hörerin, die meinen Bruder angerufen hat, ist sich sicher. Maggie heißt in Wahrheit, Stella Brixton. Sie wohnt in Port Angeles, etwa sechzig Meilen von Seattle entfernt. Ich schick Ihnen ihre Anschrift per WhatsApp.«

»Sind Sie sicher, ich meine, ist sich die Anruferin sicher?«

»Hundertprozentig, sagt sie. Die beiden sind lange Nachbarn gewesen. Viel Glück!«

* * *

Auf Höhe der Elliot Bay hatten die Freunde die Fähre genommen und die mit Inseln übersäte Puget-Sound-Bucht überquert, die Seattle den Zugang zum Pazifik gewährte. Im Laufe der Zeit hatte die Stadt sich rund um die große Bay ausgebreitet. Zur Halbinsel Olympic Peninsula gelangten sie über zwei Brücken. Der namensgebende Mount Olympus grüßte sie aus der Ferne, die Gipfel des Olympic Parks glänzten weiß. Über den Winter war es wieder zu heftigen Schneefällen gekommen, die zahlreiche Gletscher speisten.

Die enormen Niederschläge verbunden mit den gemäßigten, nie wirklich heißen Temperaturen hatten an den Hängen des Gebirges, besonders an dessen westlichen Flanken, eine üppige Vegetation hervorgebracht, mächtige Baumriesen, die von Farnen und Flechten überwuchert eine grüne Hölle bildeten, einen Urwald, in dem seltene Tierarten zu Hause waren. Als Nationalpark schon früh unter Schutz gestellt, hatte sich der Regenwald von den Wunden des

Raubbaus erholen können. Wieder ergrünt, wurde die Halbinsel zu einem beliebten Ziel von Touristen.

Die größeren Orte wurden durch den Pacific Highway verbunden, der sich bis hinunter nach Los Angeles erstreckte, die U.S. Route 101. Über diese Küstenstraße fuhren die Freunde nun in westlicher Richtung. Auch wenn Karl-Dieter nicht der Sinn danach stand, die Schönheit von Meer und Gebirge zu genießen, so spürte er doch, wie der Anblick ihm guttat und ihm milden Trost spendete. Während einen der Mensch wieder und wieder enttäuschte, blieb sich die Natur immer gleich, blieb verlässlich, und diese Beständigkeit zu spüren, war Balsam für Karl-Dieters Seele. Natürlich war auch die Verlässlichkeit der Natur lediglich eine Illusion, natürlich änderten sich auch Klima, Meere und Gebirge, selbst die Kontinente drifteten, aber doch in unendlich größeren Zeitmaßstäben, die der Mensch mit seinem hektisch schlagenden Herzen nicht wahrzunehmen im Stande war, so wie die Eintagsfliege den Wechsel der Jahreszeiten nicht bemerken konnte.

Unmittelbar nach Eintreffen des Telefonats war Karl-Dieter zurück zu Mütze zum Autoverleih gelaufen Die Freunde hatten nicht lange diskutieren müssen. Rasch waren sie sich einig gewesen, dass es keinen Sinn mehr machte, länger am Mietwagenverleih zu warten, hatten Nigel sicherheitshalber noch ihre Handynummern gegeben und sich in ihren Mustang geschwungen. Warum sollte Maggie – sie sprachen weiter von Maggie – nach tagelanger Fahrt von der Ost- zur Westküste den Wagen zurückgeben, wenn ein Unglück sie nach Hause rief? Sie würde weiterfahren, ganz klar, die letzten hundert Meilen, die sie noch von Port Angeles trennten, ihrer Heimatstadt. Die ehemalige Nachbarin hatte Maggie klar erkannt, ganz sicher war sich die Zuschauerin von TV Palmetto State gewesen, dem Lokalsender in Charleston. Joanne hatte ihnen die Anschrift aufs Handy geschickt, *Stella Brixton, 267 East Vashon Avenue, Port Angeles*. Auf dem Schirm des Navis sahen sie das Ziel näherkommen, noch 37 Minuten.

Der Abend hatte sich gesenkt. In South Carolina war schon längst die Nacht hereingebrochen, hier im State Washington aber, im äußersten Westen der Staaten ging die Sonne gerade erst unter, drei Stunden später als an der Ostküste, so groß war Amerika. Die Freunde hatten keinen festen Plan, schweigend aber waren sie sich einig. Es ging einzig und allein darum, Maggie zu finden und ihr nicht mehr von der Seite zu weichen, bis Lotte geboren war. Sie hatten gerade die kleine Ortschaft Blyn passiert, etwa 23 Meilen vor ihrem Ziel, als es Karl-Dieter siedend heiß überlief. Ob es in Port Angeles eine Geburtsklinik gab? Es musste doch ein Kaiserschnitt gemacht werden, darauf würden sie bestehen, egal, was Maggie dazu sagte, alles andere war viel zu riskant. Hektisch googelte er auf seinem Handy, um kurz darauf erleichtert durchzuatmen. Es gab eine Geburtsklinik in Port Angeles, sogar eine mit besten Rezensionen. Dafür also war gesorgt.

Mit sonorem Brummen glitt der Mustang die Küstenstraße entlang. Die Freunde schwiegen weiter. Ein jeder hing seinen Gedanken nach. Wie gut, dass sie auch im fernen Amerika Freunde gefunden hatten, dachte sich Karl-Dieter, während er einen Yachthafen vorbeigleiten sah: den gutmütigen David und seine Frau Joanne und auch deren Bruder von der Fernsehanstalt. Überall auf der Welt gab es Menschen mit Herz.

Karl-Dieter dachte kurz darüber nach, ob es nicht besser wäre, Doktor Hope anzurufen und ihn um Rat zu fragen. Vielleicht konnte er ja, wenn sie Maggie beziehungsweise Stella gefunden hatten, mit ihr telefonieren, um ihr alles medizinisch Notwendige zu erklären. Dass sie dringend einen Kaiserschnitt machen sollte, vor allem. Dann jedoch verwarf Karl-Dieter den Gedanken wieder. Vielleicht würde es ihnen ja selbst gelingen, Maggie zu überzeugen. Er verspürte einen starken Widerwillen dagegen, mit Doktor Hope zu sprechen.

Wieder sah er aus dem Fenster. Das Blau des Meeresarmes hatte an Tiefe zugenommen, die Wellen liefen in östlicher Richtung und gaukelten eine Strömung vor. Dabei herrschte gerade Ebbe, der Tiefstand war noch nicht erreicht. Schon bei seinen Besuchen auf Spiekeroog hatte Karl-Dieter das Spiel der Gezeiten fasziniert. Welch gewaltigen kosmischen Kräfte waren dabei am Werk und doch spürte man sie nicht. Ganz unglaublich erschien Karl-Dieter das. Da bewegte die Natur mit dem Mond unvorstellbare Massen an Meereswasser und zugleich verspürte der Mensch, der betrachtend davorstand, nichts, nicht den kleinsten Sog an sich selbst. Wäre das Meer mit seinen Gezeiten nicht gewesen, man hätte die wirkenden Kräfte nicht bemerkt. Daraus sollte man bescheiden seine Lehre ziehen. Nur an das zu glauben, was man sehen oder spüren konnte, was für ein Irrtum war das. Mit welch gewaltiger Kraft der Wunsch nach einem Kind an seiner Seele zerrte, auch das konnte kein Mensch wahrnehmen. Wahrnehmen konnte die Kräfte immer nur derjenige, der unter ihrem magischen Einfluss stand, sei es das Meer oder das einsame Vaterherz, das sich nach einem Kind sehnte.

Als das Navi auf drei Meilen sprang, führte die Straße eine leichte Anhöhe hinauf, mit dem Erreichen der Kuppe sahen sie im tiefen Dämmerlicht die Lichter einer Stadt vor sich liegen: Port Angeles. Karl-Dieter atmete tief durch. Hier also sollte sich ihr Schicksal entscheiden.

* * *

Es war ein freundliches Haus, vor dem sie hielten, weiß gestrichen mit einer Holzveranda zur Straßenseite. Aus den unteren Fenstern fiel Licht auf den Kiesweg. Karl-Dieter atmete tief durch, kein Zweifel, jemand war zu Hause. Ein weinrotes Auto war nicht zu sehen, aber es gab ja noch die Doppelgarage. Die Auffahrt, die an blühenden Forsythien hinaufführte, trauten sich die Freunde nicht zu nehmen. Mütze stellte den Wagen unter einer Straßenlaterne ab, sie stiegen aus, nickten sich zu, als müssten sie sich Mut machen, und gingen die Auffahrt zu Fuß hinauf.

Mit geschwungener Schrift stand *Brixton* auf einem Bronzeschild neben der Eingangstür. Auch der Klingelknopf war aus Bronze. Mütze läutete und trat einen Schritt zurück. Man hörte, wie im Haus eine Tür geöffnet wurde, dann bewegte sich etwas hinter der Mattglasscheibe. Die Freunde sahen sich gespannt an. Warum wurde nicht geöffnet, was hatte das zu bedeuten?

Mütze läutete ein zweites Mal, da öffnete sich zögernd die Tür. Es war Maggie. Karl-Dieter wurde schwindelig. Sie war schlank wie ein junges Mädchen.

* * *

Der Schluck Whiskey tat seine Wirkung, der Schwindel ließ etwas nach, Karl-Dieter kam wieder zu Sinnen. Ungläubig schüttelte er den Kopf. In was für einen Albtraum war er da geraten!

»Ich bin nicht die, die sie suchen«, sagte die Frau, die aussah wie Maggie. »Zwar bin ich Stella Brixton. Die sie suchen, aber ist Kathy, Kathy Textor. Ich bin ihre Schwester.«

Sie hielt das Foto in der Hand, das Mütze ihr gegeben hatte.

»Kathy habe ich seit Ewigkeiten nicht mehr gesehen. Wir haben keinen Kontakt mehr, verstehen Sie? Ich weiß nur, dass sie zuletzt drüben in Kanada wohnte, auf Vancouver Island.«

Verwirrt blickte Karl-Dieter Stella an. Nur langsam fing er an zu begreifen. Eine Verwechslung! Hier lag eine Verwechslung vor. Die Anruferin von der Fernsehstation hatte sich getäuscht. Die Schwestern sahen sich so ähnlich, dass die Anruferin ihre ehemalige Nachbarin Stella auf dem veröffentlichten Foto erkannt zu haben glaubte. Man konnte es ihr nicht verdenken, die beiden hätten Zwillingsschwestern sein können.

»Oh, nein, nein«, sagte Stella, »wir sind keine Zwillinge, ich bin drei Jahre älter. Wenn wir Zwillinge gewesen wären, hätten wir uns vielleicht nicht auseinandergelebt, viele Zwillinge sollen ja ihr ganzes Leben sehr eng sein.«

»Wie finden wir Ihre Schwester? Haben Sie ihre Handynummer? Könnten Sie sie anrufen?« Wenn Mütze gleichfalls enttäuscht war, so ließ er sich nichts anmerken. Er schien ganz in seinem Element zu sein, nun war er der Ermittler, der eine heiße Spur verfolgte.

Stella schüttelte bedauernd den Kopf. »Tut mir leid, ich kenne weder ihre Telefonnummer noch ihre Adresse. Wie gesagt, als ich das letzte Mal etwas von Kathy gehört habe, lebte sie in Kanada, auf einem einsamen Gehöft, angeblich in einer einfachen Holzhütte, eine knappe Fahrstunde von Victoria entfernt, die genaue Adresse weiß ich nicht.«

»Wie weit ist es bis Victoria?«

»Sie müssen die Fähre nehmen, gleich morgen früh geht wieder eine von Port Angeles, zwei Stunden dauert die Fahrt über die Meerenge. Von Victoria wird man vielleicht noch eine Stunde mit dem Auto brauchen. Aber wie gesagt, sicher bin ich mir nicht, dass sie dort noch wohnt, ich habe sie nie besucht und seit Jahren nichts von ihr gehört, vielleicht ist Kathy längst weggezogen. Was wollen Sie denn eigentlich von ihr?«

»Sie erwartet unser Kind«, sagte Karl-Dieter.

Kathy erbleichte.

* * *

Die Freunde waren froh über das Angebot und protestierten nur schwach. Nein, nein, es sei überhaupt kein Problem, sagte Stella, sie habe Platz genug. Ihr Mann habe sie vor Jahren verlassen und ihre Tochter studiere in San Diego. Stella schien direkt froh zu sein, die beiden beherbergen zu können, machte sich in der Küche zu schaffen und schob einen Nudelauflauf in die Mikrowelle.

Die Freunde saßen unterdessen auf dem Sofa im geräumigen Wohnzimmer, vor sich ein Fotoalbum, das Kathy ihnen hingelegt hatte. Seite für Seite blätterte Karl-Dieter es durch, während Mütze, der um den WLAN-Code gebeten hatte, im Internet unterwegs war.

Die meisten Fotos waren längst verblichen, nur die roten Farben wirkten noch frisch, was den Aufnahmen etwas Unwirkliches, Aus-der-Zeit-Gefallenes gab. Es waren typische Familienaufnahmen. George und Marga, die Eltern der Schwestern, bei ihrer Hochzeit lachend am Strand, ganz offensichtlich von einem Amateur fotografiert, vielleicht von einem Hochzeitsgast, ihre Hochzeitsreise, Urlaubsbilder unter Palmen, der Einzug ins eigene Heim, unverkennbar dasjenige, in dem sie saßen, Marga, die Mutter, mit dem ganz in Weiß gekleideten ersten Kind auf dem Arm, mit Stella, viele Fotos nun, die wichtige Entwicklungsstufen Stellas dokumentierten, den ersten vorsichtigen Schritt, noch an der Hand der Mutter, Stella lachend auf einer Schaukel, der ebenfalls lachende Vater im Hintergrund, dann das Foto mit der gerade geborenen Schwester Kathy, unsicher hielt Stella die Schwester auf dem Schoß. Aufnahmen, wie man sie erwartete, nichts Ungewöhnliches, nichts, was auffiel oder im Gedächtnis blieb.

Karl-Dieter blätterte weiter. Häufig waren die Schwestern, die oft die gleiche Kleidung trugen, nun zu zweit zu sehen, auf einem Ausflugsboot, beim Ponyreiten, auf zwei Tretrollern, bei der Erdbeerernte auf einem riesigen Feld. Karl-Dieter betrachtete die Fotos sehr genau, die Gesichter der Schwestern, ihre Körpersprache. Ob die beiden damals schon zerstritten waren? Nichts deutete darauf hin. Im Gegenteil, Stella schien rührend bemüht um Kathy, half ihrer Puppe in die Jacke, baute mit ihr eine Sandburg. Aber was bewiesen solche Fotos schon? Sie stellten etwas zur Schau, waren für künftige Generationen ausgewählt und wohl auch zur Selbstvergewisserung, dienten weniger der Erinnerung, als dem Wunsch, Harmonie zu demonstrieren. Seht her, wie schön ist es doch, Familie zu haben! Konnte man es den Eltern verdenken? Er selbst würde es vermutlich genauso machen, dachte sich Karl-Dieter.

»Darf ich in die Küche bitten?« Stella stand in der Tür und band sich die Schürze ab. »Das Essen ist fertig.«

* * *

»Ich weiß auch nicht, warum alles so kommen musste«, sagte Stella und legte die schlanken Arme um ihre Knie.

Mütze hatte sich nach dem Essen zurückgezogen, es war ein langer Tag gewesen, er wollte noch in Ruhe etwas recherchieren, um sich auf Kanada vorzubereiten. Karl-Dieter war in der Küche geblieben. Stella schien noch überhaupt nicht müde und war sichtlich dankbar, einen Gesprächspartner gefunden zu haben. Ihr Nudelauflauf hatte den Freunden geschmeckt, was sie freudig bemerkt hatte. Nun aber wurde ihr Gesicht wieder ernster. Sie kamen auf ihre Schwester zu sprechen, auf die Entfremdung zwischen ihnen.

»Es hat sich so entwickelt, verschärft nach der Geburt von Phil.«

»Phil?«

»Phil ist der Sohn von Kathy.«

Und Stella begann zu erzählen. Von ihrem Elternhaus, von ihrem Vater George, der sich so viele Jahre krummgelegt hatte, um seine Erdbeerfarm aufzubauen, von ihrer Mutter Marga, die sich krampfhaft darum bemüht hatte, ihre beiden Töchter gleichzubehandeln, davon, dass sich ihre Schwester Kathy dennoch zurückgesetzt gefühlt hatte, vielleicht, weil sie, Stella, sich in der Schule leichter getan, und vielleicht auch, weil sie bei den Jungen mehr Erfolg gehabt hatte.

»Sie hat still gelitten, verstehen Sie? Sie hat nicht laut protestiert, das war nicht ihre Art, sie hat alles runtergeschluckt, den ganzen Kummer, und das hat sie depressiv gemacht. Meine Eltern haben sie zu einem Therapeuten geschleppt, aber auch dort hat Kathy dichtgemacht und nichts aus sich rausgelassen. Was will man machen? Meine Eltern waren hilflos und bei meinem Vater schlug die Hilflosigkeit in Ärger um. Er ließ es Kathy spüren, was natürlich nichts verbessert hat, ganz im Gegenteil. Besser wurde es erst, als Phil zur Welt kam. Ich bin damals schon verheiratet gewesen und hatte Susan bekommen. Mein Vater hatte sich von unserer Mutter immer einen Jungen gewünscht und übertrug den Wunsch nach einem Stammhalter nun auf uns Schwestern. Für wen hatte er all die Jahre geschuftet, für wen die schlimmen Missernten überstanden? Die Erdbeerfarm sollte in der Familie bleiben. Wir Schwestern hatten kein Interesse an der Landwirtschaft, also wurde Phil zum Nachfolger erkoren. Damit begann die eigentliche Katastrophe.«

»Wieso? Mochte Phil keine Erdbeeren?«

»Im Gegenteil! Er aß sie für sein Leben gerne. Es war nur so, nachdem alles völlig normal ausgesehen hatte, Schwangerschaft und Geburt, alles problemlos, auch das erste Lebensjahr, keimte bei mir der Verdacht, dass etwas mit dem Jungen nicht stimmte. Kathy wollte es nicht wahrhaben, auch Jimmy nicht, Phils Vater. Und meine Eltern erst recht nicht, besonders mein Vater nicht, er war blind vor Liebe, stolz auf den ersehnten Enkelsohn, den Stammhalter. Dass er nicht richtig sprechen wollte, was soll's? Ein Junge eben. Dass er sich stundenlang mit dem Drehen der Räder eines Spielzeugbulldogs beschäftigte? Ein ausgeprägtes Technik-Gen, nichts weiter. Ich war die Einzige, die darauf drängte, Phil einem Spezialisten vorzustellen. Das hätte ich sein lassen sollen. Wissen Sie, was sie mit mir gemacht haben? Sie hätten mich fast gesteinigt! Wie ich auf so eine verrückte Idee käme, ich würde Gespenster sehen, ja, ungelogen, das hat man mir vorgeworfen, ich wäre doch nur eifersüchtig, weil ich keinen Jungen bekommen hätte.«

»Oje!« Karl-Dieter kratzte sich am Kopf.

»Da habe ich gemerkt, es ist zwecklos. Ich hab nichts mehr gesagt, nie wieder, und Kathy und auch meine Eltern haben alles getan, dass ich Phil nicht mehr zu Gesicht bekam. So, als sei ich eine böse Fee, die den Jungen verwünschen würde, verstehen Sie,

Karl-Dieter? So hat es den Keil in unsere Familie getrieben, der Riss ist nicht mehr zu kitten gewesen.«

»Furchtbar!« Karl-Dieter legte die Stirn in Falten. »Wie ist es dann weitergegangen, ich meine, den Eltern und auch den Großeltern wird doch irgendwann nicht entgangen sein, dass etwas nicht stimmte und dass Sie Recht hatten.«

»Natürlich! Als Phil fünf Jahre alt wurde und in die Vorschule sollte, hat er immer noch nicht gesprochen. Sie sind von HNO zu HNO gelaufen, aber das Gehör war vollkommen okay. Schließlich hat der Schulpsychologe zur Abklärung gedrängt, es wurde die Diagnose eines frühkindlichen Autismus gestellt.«

Karl-Dieter sah sie erschrocken an. Autismus, wie hart! Die schwere Störung des Kontaktverhaltens war genetisch bedingt und unheilbar, soviel er wusste. Aber immerhin, der Familie würde klar geworden sein, dass Stella keine böse Fee war, sie hatte nur klug den richtigen Verdacht geäußert. Damit war sie rehabilitiert.

Stella jedoch schüttelte nur trübe den Kopf. »Alles blieb, wie es war. Ich war und blieb die Böse, gerade so, als hätte ich den Kleinen verhext. Mein Vater setzte alle Hebel in Bewegung, um Phil zu heilen, Kämpfer, der er zeitlebens gewesen ist. Er sprach immer nur von *der Krankheit*, so, als ob es ein Medikament dagegen gäbe. Er wollte nicht akzeptieren, dass keine Aussicht auf Heilung existierte. Sein Enkel, ein echter Textor, würde wieder gesund werden, davon war er fest überzeugt, man musste nur den richtigen Spezialisten finden. Und so ging das nächste Kapitel des Dramas los. Überall wurde Phil nun hingeschleppt, und es gab genügend Scharlatane, die meinem Vater Hoffnung machten, mal waren es völlig überteuerte Zaubersäfte, mal Spezialkopfhörer zur Heilung der gestörten Hirnhälftenkoordination, mal eine spezielle Bewegungstherapie. Sein ganzes Erspartes gab Daddy aus, und als das nicht reichte, verkaufte er sein Land, erst eine brachliegende Wiese, dann Stück für Stück von den Erdbeerfeldern. Die Einnahmen sanken, zwei verregnete Sommer kamen hinzu, mein Vater drohte pleite zu gehen, konnte seine Kredite nicht mehr bedienen. Vor Gericht erlitt er einen Herzinfarkt, drei Tage später war er tot. Meine Mutter kam über den Schicksalsschlag nicht hinweg, wurde schwermütig und lebt seitdem in einer psychiatrischen Anstalt. Das ist unsere Familiengeschichte.«

»Und was wurde aus Ihrer Schwester?«

»Aus Kathy? Sie führte das zum Scheitern verdammte Werk unseres verstorbenen Vaters fort, fast als würde sie Verrat an ihm begehen, wenn sie nicht damit weitermachte. Zwar hatte sie kaum Geld, erst recht nicht nach der Trennung von Jimmy, dennoch tat sie alles, um Phils Schicksal abzuwenden. Sie schloss sich einer religiösen Sekte an, man redete ihr allen Ernstes ein, die Symptome von Phil seien ein Zeichen begangener Sünden, eine Strafe Gottes. Wenn sie als Mutter die richtige Reue zeige und Buße tue, würde alles wieder gut, was es natürlich nicht wurde. Nach Jahren verließ sie die Sekte enttäuscht wieder, schlug sich mit einfachen Jobs durch, während Phil tagsüber in einer Spezialschule betreut wurde.«

»Lernte er das Sprechen?«

»Iwo. Soviel ich gehört habe, blieb er selbst in seiner Klasse isoliert, wahrscheinlich ist er es immer noch, er ist ja erst vierzehn. Er lebt in seiner eigenen Welt, zu der er niemandem Zutritt gewährt, unsere Welt hingegen ist ihm ein einziges Rätsel.«

Karl-Dieter nickte stumm. Wer mochte urteilen über eine Frau, die ein solches Schicksal zu tragen hatte? Viele Fragen tanzten durch seinen Kopf. Hatte sich Kathy nur als Leihmutter zur Verfügung gestellt, um Geld für die Behandlung ihres Kindes zu verdienen? Wer aber versorgte in dieser Zeit ihren Sohn? Vielleicht der Vater?

»Kann ich mir nicht vorstellen. Jimmy war kein übler Kerl, aber völlig überfordert mit allem. Die beiden sind nicht verheiratet gewesen, eines Tages ist er davon. Es heißt, er sei zur Army gegangen, zu den Mariners.«

»Hat Ihre Schwester jemals davon gesprochen, als Leihmutter arbeiten zu wollen?«

»Nein, niemals, nicht mir gegenüber. Aber das heißt nichts, wie gesagt, wir haben seit Jahren keinen Kontakt mehr.«

* * *

Karl-Dieter warf sich noch lange auf den Kissen herum, obwohl er hundemüde war. Schließlich setzte er sich auf und blinzelte in die Nacht. Der Mond fiel durch die Jalousien. Das Zimmer, in dem Stella sie untergebracht hatte, war ein echtes Mädchenzimmer. Pinke Schränke, ein Haufen Stofftiere auf den Regalen, Posterboys, die die Wände zierten. Im Licht des Mondes schimmerte eines von ihnen glänzend auf. Karl-Dieter glaubte, Justin Biber zu erkennen, vielleicht täuschte er sich aber auch. Wer kannte sie schon noch, all die Idole der Jugend? Mütze lag in der anderen Zimmerecke in einem Bett, das eindeutig zu kurz für ihn war. Karl-Dieter hielt die Luft an und lauschte. Ob Mütze schon schlief?

»Mütze?«, flüsterte er vorsichtig.

»Hmm ...«, brummte es zurück.

Karl-Dieter beschloss, lieber zu schweigen.

»Was ist denn?«, fragte Mütze unwillig.

»Nichts.«

Eine Weile blieb es still, dann sagte Mütze: »Komm schon.«

Karl-Dieter gab sich einen Ruck.

»Nicht wahr, für dich ist alles genauso schlimm wie für mich.«

»Aber klar doch, Knuffi.«

»Dann ist es gut.«

Mittwoch

Der nächste Morgen war strahlend schön. Die Gipfel der Olympic Mountains leuchteten vor einem tiefblauen Himmel. Noch vor Sonnenaufgang waren die Freunde aufgestanden, Stella hatte es sich nicht nehmen lassen, noch ein kleines Frühstück zu machen. Schnell hatten sie den Kaffee hinuntergestürzt, ein Toastbrot gegessen und sich eilig verabschiedet, um die erste Fähre zu erwischen.

Die *Black-Point-Ferry* war ein alter Kasten, schon über vierzig Jahre kreuzte die Fähre täglich viermal die *Juan-de-Fuca-Straße*. Trotz ihres Alters konnte sie mit ihren jüngeren Schwesterschiffen noch mithalten. Aus dem Schornstein wälzte sich eine qualmende Rußwolke, als die Fähre unter dem Gedröhn des Signalhorns den Anleger von Port Angeles verließ. Die Freunde hatten den Mustang im dunklen Schiffsbauch stehen lassen und waren über weiß lackierte Stahlleitern hinauf aufs obere Deck gestiegen. In der Ferne schon sah man die Berge von Vancouver-Island im Morgendunst liegen, aber Karl-Dieters Blick fiel auf die seitlich vorbeiziehenden Hafenanlagen, als er Mütze aufgeregt in die Seite stieß.

»Schau doch, siehst du das Auto dort?«

Mütze folgte seinem Blick. Tatsächlich! Das könnte er sein! Ein weinroter Ford Edge. Mütze, der die besseren Augen hatte, versuchte das Kennzeichen zu entziffern, doch sie waren schon zu weit entfernt. Rasch zog er sein Handy und schoss eine Aufnahme, dann holte er sich das Foto auf den Screen und zoomte es größer. Es war der Wagen! Eindeutig. Das Mietauto von Kathy. Es trug das gesuchte Nummernschild. Karl-Dieters Herz machte einen Sprung. Das war er, das war der Beweis! Sie waren auf der richtigen Fährte! Kathy hatte die Fähre nach Kanada genommen. Warum aber hatte sie den Wagen stehen lassen?

»Erstens weil nicht jedes Leihauto ins Ausland darf«, sagte Mütze mit der ihm eigenen Liebe zur Systematik, »zweitens weil sie befürchten musste, dass man ihr mit dem Auto auf die Schliche kommt und drittens ...«

»Und drittens?«

»Drittens weil sie ihr eigenes Auto am Hafen von Victoria abgestellt hatte.«

Karl-Dieter richtete den Blick erneut in die Ferne. Das war gut möglich. Auf der Hinfahrt war Kathy mit dem Wagen nach Victoria, hatte die Fähre nach Port Angeles genommen, war von dort zum Flughafen Seattle und dann weiter über Chicago nach Myrtle Beach.

»Sollen wir jemanden von der Besatzung ansprechen? Vielleicht existiert eine Passagierliste der letzten Fahrten.«

»Was hilft uns das?« Mütze verzog skeptisch die Mundwinkel.

Es war so gut wie sicher, dass Kathy die Fähre genommen hatte, und zwar höchstwahrscheinlich gestern, früher hätte sie es kaum schaffen können, es sei denn, sie wäre auch nachts durchgefahren. Karl-Dieter sah noch einmal zurück zum Hafen, bis der weinrote Ford seinem Blick entschwand.

Wozu hatte Kathy das alles auf sich genommen? Den überstürzten Aufbruch, die Strapazen der Reise? Karl-Dieter wurde das Gefühl nicht los, es musste mit ihrem Sohn Phil zu tun haben. Phil war ihr ganzer Lebensinhalt, wenn man Stella Glauben schenken durfte. Was für ein Opfer musste es für Kathy bedeutet haben, ihn zurückzulassen, damit sie ihm eine neue Therapie finanzieren konnte. Denn danach sah es doch aus. Kathy konnte und wollte sich mit dem Schicksal ihres Kindes nicht abfinden, kämpfte den Kampf ihres Vaters weiter, klammerte sich an jeden Strohhalm, um die Hoffnung nicht zu verlieren. Karl-Dieter konnte sie in diesem Punkt nur zu gut verstehen. Die Hoffnungen des Menschen! Sie waren etwas Tröstliches und etwas Schreckliches zugleich, ein Januskopf. Das eine Gesicht lächelte einem zu und rief: »Probier's aus, kämpfe!«, das andere Gesicht aber lachte im Geheimen höhnisch über das Gesagte.

Aus seiner Jacke zog Mütze eine Karte, die er sich noch auf die Schnelle am Hafenkiosk besorgt hatte. Er liebte Landkarten aus Papier, konnte sich mit Begeisterung in ihren Anblick vertiefen, zog sie den elektronischen Karten vor. »Halt mal«, sagte er und bemühte sich, die Karte trotz des Fahrtwindes auf einem grün lackierten Tisch auszubreiten. Die Karte knatterte und wehrte sich, mit Karl-Dieters Hilfe aber lag sie schließlich gebändigt vor ihnen.

»Hier, das ist Victoria, unser Zielhafen in Kanada. Stella meinte, das Gehöft ihrer Schwester liege eine knappe Autostunde entfernt. In Kanada darf man nicht schneller fahren als in den Staaten, also können wir einen Ring von etwa 100 Kilometern schlagen, wenn wir großzügig rechnen, und einen kleineren, wenn wir von 80 Kilometern Durchschnittsgeschwindigkeit ausgehen.«

Mit einem Bleistift zog Mütze zwei Kreise, eigentlich waren es noch nicht einmal Halbkreise, denn sie endeten zu beiden Seiten im Meer. Mütze klopfte auf das gebogene Segment zwischen den beiden Kreisbögen.

»Irgendwo in diesem Gebiet muss Kathy wohnen.«

Wenn er zupackend rüberkommen wollte, so misslang das gründlich. Karl-Dieter jedenfalls kannte ihn zu gut, als dass er sich täuschen ließ. Ein einsames Gehöft in diesem weitläufigen, von mächtigen Wäldern geprägten Gebiet zu finden, wie sollte das gelingen? Sie konnten doch nicht jedem Waldweg folgen, und selbst wenn sie auf ein einsames Gebäude trafen, woher wussten sie, ob Maggie dort wohnte? Was, wenn nicht Textor an der Tür geschrieben stand? Nein, sie mussten es auf andere Weise versuchen.

»Phil! Wir müssen zu Phil.«

»Phil?«

»Ihr behinderter Sohn. Wenn wir Phil finden, finden wir auch Maggie.«

»Kathy, meinst du.«

Karl-Dieter brummte. Warum er immer wieder mal noch Maggie sagte, war ihm selbst schleierhaft. »Ich bin sicher, nur wegen Phil ist Kathy so überstürzt aufgebrochen.«

Zwar wusste Stella nicht, wie die Einrichtung hieß, die den behinderten Jungen betreute, Vancouver-Island aber war nicht New York, die Insel war nur spärlich besiedelt, sehr viele Behinderteneinrichtungen würde es nicht geben. Wenn es gelänge, Phil zu finden, dann auch seine Mutter, davon war Karl-Dieter überzeugt. Kathys erster Weg würde zu ihm führen, ganz sicher, ihr ganzes Mutterherz schlug doch nur für ihn, zudem jetzt, in der Schwangerschaft, in diesem hochöstrogenisierten Zustand, da schwappten die Muttergefühle über. Es brauchte gar nichts Schlimmes passiert sein, keine größere Katastrophe, vielleicht nur ein Zuviel an Sehnsucht. Vielleicht war Phils Heimweh einfach zu groß geworden, vielleicht hatte jemand aus dem Heim angerufen und Kathy gesagt, wie sehr ihr Kind leide. Das konnte als Grund schon genügen, da war sich Karl-Dieter sicher. Er jedenfalls hätte an ihrer Stelle nichts anderes gemacht, er wäre sofort losgefahren.

Mütze legte seine Stirn kraus: »So kurz vor der Geburt? Sie hätte doch nur noch ein paar Tage durchhalten müssen. Deshalb macht man doch nicht so einen Blödsinn.«

Einen Moment wog er sein Handy in der Hand, dann fing er an zu googeln. Zum Glück bot die Fähre, so alt sie auch war, eine hervorragende WLAN-Verbindung, keinesfalls eine Selbstverständlichkeit auf einem Schiff. Auf der Fähre nach Spiekeroog hätten sie ihre Smartphones getrost wieder in die Tasche stecken können.

»Was heißt Behinderteneinrichtung auf Englisch?«

Auch das ließ sich googeln. DeepL übersetzte es mit *Disabled facility*. Zusätzlich gab Karl-Dieter *autistic children* in die Suchmaske und *Vancouver Island*. Einen Sekundenbruchteil später ploppten die Vorschläge auf. Zwischen vielen offensichtlichen Irrläufern kamen doch drei Adressen näher in Betracht, zwei in Victoria und eine in Saanichton, einem Ort nördlich von Victoria.

»Und nun?«, fragte Karl-Dieter.

»Wir kennen doch den Namen des Jungen, Phil Textor. Rufen wir einfach mal an!«

Es dauerte ein Weilchen, bis sich beim *St. John's Home for children* jemand meldete. Mütze stellte sich kurz vor und fragte: »Wohnt ein Phil Textor bei Ihnen? ... Nein, nein, ich bin ein Bekannter der Familie ... Hello? Hello?«

Aufgelegt! Man hatte einfach aufgelegt. Ein Junge dieses Namens sei hier nicht bekannt und außerdem erteile man Fremden keine Auskunft, hatte man noch gesagt und aufgelegt. Mütze zögerte einen Moment, bevor er es bei der nächsten Adresse versuchte. Er musste es auf andere Weise probieren. Bei der *Orthogenic School* wurde sofort abgehoben. Wieder stellte sich Mütze vor: »Ich bin ein Bekannter der Familie, ich hätte gerne mit Phil Textor gesprochen ...« Wieder legte man auf, dieses Mal kommentarlos. In Mützes Gesicht mischten sich Verblüffung und Ärger.

»Mensch, Mütze«, sagte Karl-Dieter, »hast du's vergessen? Phil spricht kein Wort, er leidet an einer schweren Form von Autismus, hat keine aktive Sprache entwickelt, wie soll er da mit dir sprechen können?«

Darauf erhellte sich Mützes Gesicht. »Bingo!«, sagte er und sah sehr zufrieden aus.

Karl-Dieter begriff nicht sofort, dann aber begann er zu verstehen. Ja, natürlich: Bingo! Mütze hatte Recht! Wenn es in der *Orthogenic School* keinen Phil Textor gab, warum hatte man dann nach Mützes offensichtlich unsinniger Bitte aufgelegt? Dann hätte man sich doch höflich erklärt oder zumindest nachgefragt und auf einen offensichtlichen Irrtum hingewiesen.

»Hat man aber nicht, ergo, wir wissen, wo wir Phil suchen müssen«, sagte Mütze triumphierend.

* * *

Während Mütze im Schiffsbauch verschwand, um sich mit Fisch und Chips zu versorgen, blieb Karl-Dieter an Deck, lehnte sich an die Reling und sah zu, wie Kanada langsam näherkam. Erinnerungen stiegen auf. Wie hatte er es geliebt, gleich beim ersten Mal, nach Spiekeroog überzusetzen. Bei Wind und Wetter war er auch heute noch bei jeder Überfahrt draußen auf Deck, um nichts zu verpassen, den Moment, an dem der alte Fähranleger auftauchte, das weiße Rettungshaus, die katholische Inselkirche mit ihrem markanten Zeltdach, dann die Deiche, hinter denen das grüne Inseldorf lag, als Letztes der kleine Hafen. Nie stand er allein an der Reling, stets umringten ihn andere Urlauber, ebenso erwartungsfroh gestimmt wie er, eine Gruppe von Menschen, die sich nicht kannten und die doch etwas verband: die Liebe zu dieser besonderen Insel. Alles, was das Herz beschwerte, lag hinter ihnen, hatten sie auf dem Festland zurückgelassen. Und sei es nur für eine kleine, glückliche Zeit.

Mit besonderer Freude hatte er stets registriert, wie schon die Jüngsten von dem Inselfieber angesteckt wurden, all die Urlaubskinder, die Hannah, Emilia, Maximilian oder Alexander hießen, lauter Namen mit schönem, altem Klang, die zugleich den Bildungshintergrund der Eltern verrieten. Auch ein Lasse, eine Annika oder eine Madita fanden sich garantiert an Bord, Kindernamen, die an Bullerbü erinnerten, an die heile Welt von Astrid Lindgren, Blondschöpfe, deren Haare der Wind zerzauste. Noch blonder würden die Kinder sein, wenn sie nach zwei oder drei Wochen die Rückfahrt antraten, dann waren die Haare fast glänzendweiß oder doch von einem leuchtenden Strohblond und auf ihren tiefgebräunten Armen und Beinen leuchtete ein heller Flaum.

Karl-Dieter wischte sich übers Gesicht. Vielleicht war es ein Fehler gewesen, so oft nach Spiekeroog gereist zu sein, an einen Ort, der von glücklichen Familien bevölkert war. Vielleicht sollte man Spiekeroog meiden, wenn man selbst keine Kinder besaß. Ihre leuchtenden Augen, wenn sie brav an der *Bunten Kuh* anstanden, wo es so verführerisch nach heißen Zimtwaffeln duftete, der heilige Ernst in ihren Augen, wenn sie ihre Strandschlösser gegen die Flut verteidigten, ihr ausgelassenes Lachen, wenn sie die Lattenwege zum Strand hinunterliefen. Und selbst der Anblick eines kleinen Jungen, der in eine scharfe Muschel getreten war und weinend zu seiner Mutter lief, löste bei Karl-Dieter nichts als schmerzliche Wehmut aus. Was hätte er darum gegeben, den Kleinen in den Arm zu nehmen und zu trösten! Nein, wenn der Wunsch nach einem Kind unstillbar war, sollte man nicht nach Spiekeroog reisen.

In diesem Moment trat Mütze hinter ihn.

»Rate, wer mich gerade angerufen hat.«

»Keine Ahnung, Stella?«

»Ahsen!«

»Ahsen? Was wollte der denn?«

»Er ist wieder da.«

»Wer ist wieder da?«

»Der entführte Kapitän. Ahsen ist stolz wie Oskar. Er hat den alten Knaben in einem alten Strandkorb entdeckt, drunten beim Zeltplatz. Unversehrt, der alte Seebär.«

Karl-Dieter glitt ein Lächeln über die Lippen. Er nahm die Nachricht als gutes Omen. Warum sollte nicht alles glücklich enden?

* * *

Die *Orthogenic School* lag am westlichen Stadtrand von Victoria, auf einer leichten Anhöhe mit Blick auf den Pazifik. Die Einrichtung bestand aus weiß gekalkten Pavillons, Bauhausstil, transparent, hell und freundlich. Mütze stoppte den Mustang unten an der Straße. Nur keinen Fehler machen, sie mussten sich jetzt eng abstimmen.

Karl-Dieter war für den direkten und ehrlichen Weg. »Warum sollen wir nicht sagen, wie es ist«, sagte er, »dass Phils Mutter hochschwanger mit unserem Baby herumläuft und wir sie suchen. Das versteht doch jeder.«

Mütze aber war nicht überzeugt. »Was, wenn Kathy davon erfährt? Noch wiegt sie sich in Sicherheit, kein Mensch scheint ja zu wissen, dass sie einen auf Leihmutter macht, niemand wird ahnen, was hinter der Schwangerschaft steckt. Wenn sie aber hört, dass wir ihr auf den Fersen sind, wer weiß, was dann geschieht.«

»Du meinst ...«

»Die ist doch nicht ganz dicht, der ist alles zuzutrauen. Vielleicht setzt sie ihre Flucht mit ihrem Sohn fort, vielleicht macht sie irgendeinen anderen Blödsinn.«

Karl-Dieter schluckte. Wieder drängte sich ihm die Schreckensszene auf, die quälende Fantasie, die ihn seit Kathys Verschwinden nicht in Ruhe ließ, wie sie ihr Baby in einem Straßengraben zur Welt brachte und es mit Zweigen bedeckt zurückließ. Er hatte das mal gesehen, in einem alten Dokumentarfilm über die Papuas in Neu-Guinea. Man hatte festhalten wollen, wie eine Geburt bei den Naturvölkern ablief. Als die Wehen einsetzten, war die werdende Mutter mit einer älteren Frau des Stammes in den Dschungel und hatte ihr Kind zur Welt gebracht. Dann aber war das Schockierende passiert: Die beiden Frauen hatten das Neugeborene mit abgerissenen Blättern bedeckt und waren davon. Aus dem Off hatte die Stimme des Evolutionsbiologen trocken bemerkt, es sei ein Mädchen gewesen und der Stamm hätte schon zu viele davon, mit einer zu großen Anzahl an Mädchen aber würde der Stamm zu groß werden, deshalb habe man das Baby zurückgelassen. Karl-Dieter schauderte es. Wieder drang das leise Gewimmer von Lotte an sein Ohr, wieder musste er mitansehen, wie sie ihre kleinen Ärmchen ausstreckte, um nach ihm zu suchen. – Lotte, kleine Lotte, halte aus! Ich finde dich, ganz bestimmt finde ich dich!

»Also los«, sagte Mütze.

Er drehte am Zündschlüssel, der Mustang begann zu knurren und machte einen Sprung wie eine gereizte Raubkatze.

* * *

Sie parkten dem Hauptgebäude gegenüber. Als sie zur gläsernen Eingangstür kamen, blieben sie überrascht stehen. Ein Suchplakat hing neben der Tür. Das Foto zeigte einen Jugendlichen von vielleicht vierzehn Jahren, einen schmalen, schüchtern wirkenden Blondschopf, der seinen Blick gesenkt hielt. Auch ohne dass sein Name auf dem Plakat stand, hatten sie ihn sofort erkannt: Das war Phil, Kathys Sohn! Er war älter als auf den Aufnahmen vom Familienalbum, dennoch, er war es unverkennbar. Etwas verloren wirkte er, fast verängstigt. »Wer hat diesen Jungen gesehen?«, stand unter dem Plakat. »Jeder Hinweis kann wichtig sein.« Es folgte die Telefonnummer der Schule.

Karl-Dieter hielt den Atem an. Jetzt hatten sie Gewissheit. Er hatte richtig gelegen mit seinem Verdacht, dennoch war er überrascht. Das war es also! Deswegen war Kathy verschwunden. Um ihren Jungen zu suchen. Die Sorge um ihr Kind hatte Kathy Hals über Kopf von der *St. John's fertility clinic* aufbrechen lassen. Keine dunklen Schurkereien, kein Weiterverkauf ihres Kindes, kein Organhandel. Ein Mutterherz in Panik, eine menschliche Katastrophe! Kathys Junge war verschwunden. Als man sie benachrichtigt hatte, war sie in ihrer Angst sofort los, ohne auch nur eine Sekunde zu zögern, war mit dem Auto quer durch Amerika, weil man sie nicht in den Flieger lassen wollte.

Ein junger Mann trat aus dem Haus, an seiner Jacke leuchtet das Logo der Schule.

»Wo finden wir die Leitung des Hauses?«, fragte Mütze.

* * *

Flora Hastings war eine Frau Ende fünfzig, schlank, mit gelocktem, braunem Haar. Die dunkle Hornbrille kontrastierte scharf zu dem jugendlichen, ja fast mädchenhaften Eindruck und verlieh ihr ein seriöses, zugleich jedoch auch etwas strenges Aussehen. Sie empfing Mütze und Karl-Dieter mit professioneller Freundlichkeit und lud sie ein, sich zu setzen. An den Wänden ihres in hellem Grün gestrichenen Büros hingen gerahmte Kinderzeichnungen von farbenfroher Fröhlichkeit. Als Mütze zusammenfasste, was sich ereignet hatte und warum sie hier waren, kniff die Schuldirektorin skeptisch die braunen Augen zusammen.

»Tut mir leid, aber ich kann Ihnen nicht ganz folgen. Phils Mutter ist vor neun Monaten nach Florida, um in einem Hotel zu arbeiten. Von einer Leihmutterschaft war nicht die Rede.«

»Ist sie denn nicht mehr schwanger?«, fragte Karl-Dieter mit bangem Blick.

Flora Hastings sah ihn an und schien zu überlegen, was sie darauf antworten sollte. War sie den beiden überhaupt Auskunft schuldig? Was sie zu erzählen hatten, wirkte so phantastisch, dass es kaum zu glauben war. Andererseits, warum sollten sie sich das Ganze ausgedacht haben?

»Doch, doch«, sagte sie langsam, »aber wie gesagt, kein Wort von einer Leihmutterschaft.«

»Rufen Sie sie an und fragen sie selbst«, wollte Mütze schroff entgegen, beherrschte sich aber im letzten Moment. Sie wollten ja vermeiden, dass Kathy von ihrem Kommen erfuhr, also musste er sich zu einem Minimum an Diplomatie zwingen, Diplomatie aber war noch nie seine Stärke gewesen. Es ging nicht anders, Doktor Hope musste her. Mütze bot an, in Myrtle Beach anzurufen, Flora Hastings aber schüttelte den Kopf.

»Nicht nötig. Ich glaube Ihnen. Es ist nur alles – wie soll ich sagen? – es ist ziemlich verwirrend. Ich bin davon ausgegangen, dass Mrs. Textor in Florida im Hotel arbeitet, und nun das. Sie wollte Geld verdienen, um Geld für die Delfintherapie zu verdienen.«

»Delfintherapie?«

»Eine tiergestützte Methode, um autistischen Kindern zu helfen. Delfine sprechen eine Sprache, mit der es ihnen gelingt, Kontakt zu Autisten aufzunehmen, heißt es.«

»Heißt es?«

»Wissenschaftlich umstritten. Manche Eltern autistischer Kinder aber schwören auf die Delfine. Es hat in Victoria einen Vortrag gegeben, den hat Phils Mutter besucht und war davon so begeistert, dass sie sich entschlossen hat, das Geld für diese Therapieform aufzubringen.«

In Karl-Dieters Augen spiegelte sich das Mitleid. Was nahmen Eltern behinderter Kinder nicht alles auf sich, wenn es darum ging, ihrem Sorgenkind zu helfen? Dann klammerten sie sich an jeden Strohhalm, dann brauchte bloß ein Guru daherkommen und ihnen Gott weiß was versprechen. Nicht, dass er die Delfintherapie kannte und sich ein Urteil darüber anmaßen konnte. Aber dafür eine Leihmutterschaft auf sich zu nehmen, war es das wert? Kathy hatte sich offensichtlich geschämt, von ihrem tatsächlichen Verdienst zu erzählen, und hatte eine Erklärung zusammengeflunkert.

»In einem Hotel hätte sie doch auch in Victoria arbeiten können, dafür hätte sie doch Phil nicht zu ihnen ins Internat geben müssen.«

»Das habe ich mir natürlich auch gedacht, andererseits ...«

»Andererseits?«

Flora Hastings rückte ihre Brille zurecht. »Andererseits ... bitte verstehen Sie mich nicht falsch, nichts liegt mir ferner, als Mrs. Textor zu kritisieren, wir im Team aber waren uns einig, dass es eine Chance für Phil bedeuten konnte, sich aus der engen Bindung von seiner Mutter zu lösen, indem er eine Weile ganz bei uns lebt, zur Schule kommt er als Externer ja schon eine Weile. Wissen Sie, auch ein autistisches Kind wird älter und muss lernen, ohne seine Eltern zurechtzukommen, muss selbstständiger werden. Aber Phil kann überhaupt noch nicht für sich selbst sorgen. Schauen Sie, welch große Schwierigkeiten wir haben, ihn zu finden. Er ist nicht in der Lage, sich Hilfe zu holen, läuft vor jedem Menschen davon, versteckt er sich irgendwo wie ein scheues Reh.«

Nun mischte sich Mütze ein, der das Gespräch mit zunehmender Ungeduld verfolgte. »Wann genau ist Frau Textor bei Ihnen gewesen?«

»Gestern Abend. Es war schlimm. Wir haben ja immer noch keine Spur von Phil. Erklären Sie das mal einer Mutter.«

»Wo ist sie jetzt?«

»Ich weiß es nicht. Die Wege absuchen, die von der Schule zu ihrem Haus führen, nehme ich an.«

»Können Sie uns ihre Adresse verraten und auch die Handynummer? Nur für alle Fälle.«

Flora Hastings zögerte einen Moment. Dann riss sie einen Zettel von einem Block, scrollte an ihrem Computer herum und kritzelte drei Zeilen aufs Papier.

»Jordan River, BC, V9Z, 1L1«, las Mütze, dann folgte eine Handynummer.

»Einsame Gegend, ein Flusstal, etwa eine Stunde von hier.«

* * *

Ein Fischlokal konnte man den Laden nicht nennen. Eigentlich war es nicht mehr als ein größerer Kiosk am Rande eines Parkplatzes, der von drei Seiten von Supermärkten umrahmt wurde. Unter einem aufgespannten Schirm qualmte ein Grill. Die Freunde standen an einem Bistrotisch, vor sich eine Schale mit geräucherten Makrelen. Lebhaft diskutierten sie das weitere Vorgehen und bissen sich in einem Punkte fest.

»Lass es mich probieren«, sagte Karl-Dieter fast flehentlich.

Mütze verzog den rechten Mundwinkel und brach sich ein dickes Stück Makrele ab.

»Was soll denn schon passieren?« Karl-Dieter gab nicht auf. »Mehr als mich wegdrücken kann sie nicht. Sie wird nicht türmen, ganz sicher nicht. Ihre Reise ist zu Ende. Sie wird auf Vancouver-Island bleiben, bis sie ihren Sohn gefunden hat.«

Mütze stopfte sich die Makrele in den Mund und griff nach der Budweiser-Flasche, um den leicht tranigen Geschmack hinunterzuspülen. Er schien immer noch nicht überzeugt.

»Bitte, Mütze! Vielleicht bereut sie es längst, uns nicht kontaktiert zu haben. Vielleicht ist sie erleichtert, dass das Versteckspiel ein Ende hat. Wir können ihr doch anbieten, bei der Suche nach Phil zu helfen.«

Mütze nahm einen tiefen Schluck und rollte die Augen. Das war mal wieder typisch Karl-Dieter! »Du würdest selbst dem Teufel helfen, wenn der sich den Schwanz eingeklemmt hätte.«

»Aber Mütze«, sagte Karl-Dieter empört, »was sagst du denn da!« Er wusste doch auch nicht, was mit ihm los war. Er konnte machen, was er wollte, er konnte einfach keinen Hass gegenüber Kathy empfinden, nicht mehr, seitdem er von Phil erfahren hatte. Nur Mitleid fühlte er, tiefes Mitleid. Sein Mitgefühl hatte sich noch gesteigert, seitdem er von der Sache mit der Delfintherapie erfahren hatte. Welche Überwindung musste es Kathy gekostet haben, Phil zu verlassen, um zur Leihmutter zu werden. Jede noch so kleine Chance wollte sie nutzen, ihrem Phil zu helfen und ihn von seinem Autismus zu heilen. Es musste grausam sein, ein Kind zu haben, das in seiner eigenen Welt lebte. Alles drängte einen doch danach, am Leben seines Kindes Anteil zu nehmen, miteinander zu spielen, zu reden und zu lachen. Bei einem autistischen Kind aber war alles anders, da war eine Mauer, die nicht zu überwinden war. Wenn Delfine das ändern, wenn sie die Mauer zum Einsturz bringen konnten, dann musste man doch alles dafür tun, Phil diese Therapie zu ermöglichen. Karl-Dieter hatte die Schuldirektorin gefragt, warum denn nicht die Krankenkassen dafür aufkämen, worauf er nur ein mildes Lächeln geerntet hatte. So hatte sich Kathy entschlossen, ein fremdes Kind zur Welt zu bringen, um ihr eigenes zu heilen. Kurz bevor sie das Geld zusammenhatte, aber war Phil weggelaufen, aus Heimweh nach ihr.

»Sie will uns unsere Lotte ja nicht vorenthalten«, sagte Karl-Dieter zu Mütze, »sie will nur eins: ihr hilfloses Kind finden, und zwar so schnell wie möglich. Schau, sie braucht das Geld der Leihmutterschaft doch dringend, schon allein deshalb wird sie alles tun, dass unsere Lotte gesund zur Welt kommt.«

Mütze nahm einen weiteren Schluck. Heute war Mittwoch. Phil war am Samstag verschwunden, also vor vier Tagen. Die Schulleiterin hatte ihnen die Hintergründe erläutert. Für die Zeit, in der er von seiner Mutter getrennt war, war er in einer Wohngruppe auf dem Gelände der Schule untergebracht. Letzten Samstag hatte die Gruppe einen Ausflug zu einem Zoo machen wollen. Die Kinder hatten den Bus bereits bestiegen, als ihre Betreuerin noch einmal zurück ins Haus musste. Diesen Moment hatte Phil genutzt, auszusteigen und davonzulaufen. Jedenfalls fehlte seitdem jede Spur von ihm.

Natürlich habe man sogleich eine Suchaktion gestartet, zusammen mit der Polizei, hatte die Direktorin gesagt. Man sei alle Straßen der Umgebung abgefahren, habe bis spät in die Nacht gesucht und die Suche am Sonntag fortgesetzt. Nichts, keine Spur von dem Jungen. Darauf habe man sich an die Öffentlichkeit gewandt, Zettel in der Nachbarschaft verteilt und Suchplakate aufgehängt. Eine Frau hatte sich gemeldet, sie glaubte, einen Jungen vom Aussehen Phils allein an einem Strand gesehen zu haben. Man sei sogleich los, habe aber niemanden angetroffen. Seitdem bestehe die Sorge, Phil sei vielleicht im Meer ertrunken. Er sei zwar von Natur aus scheu und ängstlich, fürchte sich vor allem Neuen und Fremden, erst recht vor den Naturgewalten, wer aber wisse schon, was in seinem Kopf vorging, zumal in einer solchen Situation?

Karl-Dieter konnte die Befürchtungen der Schulleiterin gut verstehen. Ein autistisches Kind, das niemanden um Hilfe bitten konnte und nun schon vier Nächte irgendwo im Freien hat verbringen müssen, war zweifellos in größter Gefahr. Wenn es denn noch lebte. Vielleicht irrte es durch die Wälder, auf der

Suche nach seinem Zuhause, ernährte sich von wilden Beeren. Kathy musste wahnsinnig werden vor Angst. Sie sollten, ja sie mussten sie anrufen und ihre Hilfe anbieten, dazu waren sie verpflichtet!

»Also gut. Tu, was du nicht lassen kannst«, seufzte Mütze.

Karl-Dieter zog sogleich sein Handy hervor und gab die Nummer ein. Es dauerte einen Moment, dann meldete sich eine Frauenstimme. »Karl-Dieter am Apparat, einer der Väter Ihres Babys, wir wollen Ihnen helfen, Ihren Sohn zu finden.«

Aufgelegt. Einfach aufgelegt. Ohne ein Wort zu sagen. Tiefe Kummerfalten traten auf Karl-Dieters Gesicht. Er hatte es doch nur gut gemeint. Warum tat sie das? Durchlitten sie denn nicht dieselben Qualen? Jeder von ihnen machte sich größte Sorgen um sein Kind, war auf der Suche nach ihm, Kathy sorgte sich um Phil, er und Mütze um Lotte. Warum nur hatte sie aufgelegt? Aus dem Schrecken heraus, seine Stimme zu hören? Aus Angst, man könne sie daran hindern, weiter nach Phil zu suchen? Oder steckte noch etwas anderes dahinter, etwas viel Schlimmeres? Hatte sie vielleicht Lotte schon bekommen? Lebte Lotte überhaupt noch? Hatte Kathy vielleicht eine Totgeburt erlitten und traute sich nicht, ihnen das zu gestehen? Oder lebte Lottchen und lag in einem Graben? Wild fing der Angststurm wieder an, durch seinen Kopf zu wirbeln, Karl-Dieter spürte, wie ihm schwindelig wurde, krampfhaft hielt er sich an dem Stehtisch fest.

* * *

Mütze schlang den Rest der Makrele hinter dem Steuer sitzend hinunter und wischte sich die Hände an der Jeans ab. Mit quietschenden Reifen kurvte er um den Fischstand und verließ den Parkplatz. Es war höchste Zeit, seine kanadischen Kollegen zu kontaktieren.

»Wollen wir nicht lieber gleich zu Kathys Haus?«, sagte Karl-Dieter.

»Mrs. Textor wird sich noch einen Augenblick gedulden müssen.«

Mütze gab Gas und fuhr zur Küstenstraße hinunter. Er hatte ein kurzes Telefonat mit dem Officer geführt, der für die Suche nach dem verschwundenen Phil zuständig war, und sich mit ihm verabredet, nicht auf der Polizeistation von Victoria, sondern im Foyer des *Fairmont Empress Hotels*, einem altehrwürdigen Palast in Hafennähe, denn Franck Dujardin, so hieß der Officer, war dort gerade dienstlich unterwegs. Das Treffen war notwendig, da war sich Mütze sicher. Sie brauchten die Hilfe und die Rückendeckung der kanadischen Behörden. Was, wenn es ihnen tatsächlich gelang, Kathy Textor zu finden? Ohne die kanadische

Polizei konnte es schnell neue Komplikationen geben.

Die Küstenstraße führte ins Zentrum von Victoria, einer Stadt, die vom Hafen aus entstanden war. Mit seiner beeindruckenden Architektur aus rotem und gelbem Backstein wirkte das *Fairmont Empress Hotel* wie ein neogotischer Parlamentsbau, warm leuchtete die Fassade in der frühen Abendsonne. Wo hatten sie einen ähnlichen Palast bereits gesehen? In London? Oder in Budapest? Problemlos konnte Mütze den Mustang vor dem Eingang parken. Was hätte er darum gegeben, in Erlangen solche Verhältnisse vorzufinden. In der weitläufigen Lobby sahen sich die Freunde um, da kam schon ein uniformierter Grauschopf auf sie zu und schüttelte ihnen herzlich die Hand.

»Franck Dujardin.«

»Angenehm, Mütze.«

Der Officer sagte, er sei beglückt, Kollegen aus Deutschland begrüßen zu dürfen, das käme nicht so oft vor. Mütze ersparte sich, die Rolle Karl-Dieters zu erläutern, und kam gleich zur Sache, erzählte von der Leihmutterschaft der Mutter des gesuchten Jungen und dass sie Kathy Textor dringend finden müssten, da die Geburt unmittelbar bevorstünde und ein Kaiserschnitt notwendig sei. Der Polizist nickte und verstand. Zum Glück schien er trotz seines Alters in der Moderne angekommen zu sein, verzog nicht das

Gesicht, sondern rieb sich stattdessen unternehmungslustig die Hände.

»Nun suchen wir also nicht nur diesen Autisten, sondern zugleich seine Mutter. Ich denke, bei der Suche nach der Mutter werden wir schneller fündig werden.«

Mütze sah ihn überrascht an.

»Wir haben doch ihre Handynummer, ich bestell die Dame gleich aufs Revier!«

* * *

Unruhig sah Mütze auf die Uhr. Die beiden Freunde saßen auf einer Bank auf dem Flur der *Police Station* von Victoria. Mehr als anderthalb Stunden waren bereits vergangen und Kathy Textor war immer noch nicht erschienen. Wenn sie gleich losgefahren war, wie sie dem Officer telefonisch angekündigt hatte, müsste sie längst da sein. Ob sie Verdacht geschöpft hatte? Zwar hatte ihr netter kanadischer Kollege nichts von ihnen erzählt, sondern lediglich gesagt, dass man sich dringend mit ihr treffen müsse, um die weitere Suchaktion zu koordinieren, warum aber kam sie dann nicht? Auch Franck Dujardin machte ein unglückliches Gesicht, als er zu ihnen auf den Flur trat.

»Keine Nachricht von Mrs. Textor. Ich hab's noch ein paar Mal versucht, ihr Handy meldet, sie sei momentan nicht erreichbar.«

»Die Wehen!«, rief Karl-Dieter. »Bestimmt haben die Wehen eingesetzt. Und nun hockt sie irgendwo hilflos am Straßenrand.«

Mütze und Frank Dujardin sahen sich überrascht an. Daran hatten sie nicht gedacht.

»Einen Moment«, rief der Officer, »ich bin gleich wieder da!«

* * *

Karl-Dieter stand auf und begann, den Flur hinauf- und hinunterzulaufen. Wie es Mütze nur aushielt, auf der Bank sitzen zu bleiben! Warum ging Kathy nicht an ihr Handy? Vielleicht hatte sie Verdacht geschöpft und geahnt, dass sie sich an die Polizei gewandt hatten. Vielleicht aber hatte sie Phil bereits gefunden und war mit ihm zusammen auf und davon. Kanada war ein riesiges Land, Wälder ohne Ende. Wie wollten sie sie finden? Und was würde aus ihrem Baby werden?

Die Ungewissheit rieb Karl-Dieters Nerven auf. Eine Zeit lang hatte er funktioniert, nun aber spürte er, viel länger würde er das nicht aushalten. Dazu der Schlafmangel, die Herumreiserei, immer neue Hoffnungszeichen, die sich wieder zerschlugen, es war zum Verzweifeln. Er ging auf die Toilette und wusch sich das Gesicht mit kaltem Wasser. Jetzt nur nicht die Fassung verlieren! Mütze sollte ihn nicht für ein Weichei halten.

Aus der Toilette zurück, sah Karl-Dieter den Freund am Ende des Flures sitzen. Mütze hatte die Beine entspannt von sich gestreckt und wischte auf seinem Smartphone herum. Karl-Dieter schüttelte unmerklich den Kopf. Machte Mütze das alles denn nichts aus? Wie konnte er so gelassen bleiben? Zugleich aber war Karl-Dieter dankbar dafür. Mütze war sein Anker, sein Hafen im Meer der Verzweiflung. Wenn die Wogen der Angst hochschlugen, wenn alle Träume unterzugehen drohten, war Mütze sein Rettungsring.

* * *

Ein Handy orten, für die Polizei kein Problem. Im Prinzip. Wohl aber auf einer so großen und einsamen Insel wie Vancouver-Island, die größtenteils aus Naturreservaten bestand. Mit betretenem Gesicht kehrte der Officer zurück.

»Schlechte Nachrichten?«, sagte Mütze.

Franck Dujardin nickte. »Es gibt noch Gegenden bei uns, in denen es keinen Handyempfang gibt. Die Berge, die Waldgebiete, verstehen Sie? Wir können nicht in jede Tanne einen Sender hängen. Die Kollegen bleiben aber dran. Haben Sie schon eine Unterkunft? Ich kann Ihnen eine nette Pension gleich um die Ecke empfehlen.«

Die Freunde sahen sich an. Um Karl-Dieters Augen zuckte es unruhig. Mütze verstand, was ihm der Freund sagen wollte. Auch er konnte sich nicht vorstellen, tatenlos in einem Hotelzimmer herumzusitzen.

»Ist was dagegen einzuwenden, wenn wir zum Haus von Kathy Textor fahren?«, sagte er.

»Aber natürlich nicht«, beeilte sich der Officer zu sagen, »das ist Ihr gutes Recht. Ich meine nur …«

»Was meinen Sie?«

»Ach, nichts.«

* * *

Richtung Westen röhrte der Mustang, immer die Küste entlang, mit Blicken auf die *Juan-de-Fuca-Straße* zur Linken, diese große Zunge, die der Pazifik zwischen die USA und Kanada schob. Am Horizont quollen in raschem Tempo erste Wolken empor. Sie waren schon aus dem Weichbild von Victoria hinausgerutscht und hatten die letzte Vorortsiedlung passiert, als eine plötzliche Melodie Karl-Dieter zusammenzucken ließ. Sein Handy! Kopfschüttelnd schimpfte er mit sich selbst. Warum erschrak er in letzter Zeit immer so schrecklich, wenn er angerufen wurde? Hektisch fingerte er das vibrierende Ding aus der Jacke und ging dran. Es war Stella. Ob sie schon etwas erreicht hätten? Karl-Dieter fing verlegen an zu stottern. Er hatte Stella doch versprochen, sie auf dem Laufenden zu halten. Rasch erzählte er, was sie erfahren hatten.

»O my god!«, sagte Stella erschrocken, als sie von Phils Verschwinden erfuhr.

»Er ist aus dem Bus geklettert, dann hat sich seine Spur verloren.«

»Schrecklich, eigentlich aber verwunderte es mich nicht. Wie sollte es der Junge ohne seine Mutter aushalten? Kathy hat nie aufgehört zu klammern, hat ihn nie wirklich losgelassen. Habt ihr sie schon erreichen können?«

»Ich hab's versucht, umsonst.«

»So ist sie immer schon gewesen, sie macht alles mit sich allein aus. Vielleicht hat auch sie Autismus, zumindest eine Schwachform.«

Karl-Dieter überlegte kurz, Stella zu bitten, es ebenfalls mit einem Anruf zu probieren. Wenn Kathy die Telefonnummer ihrer Schwester erkannte, würde sie vielleicht rangehen. Bevor er seinen Wunsch ausgesprochen hatte, aber war es Stella selbst, die diesen Gedanken verwarf. Mütze und Karl-Dieter zuliebe würde sie es schon versuchen, wenn sie nicht das Gefühl hätte, dadurch alles noch schlimmer zu machen.

»Es gibt Menschen, die entziehen sich im Laufe unseres Lebens unserem Einfluss, verstehen Sie, Karl-Dieter? Sie stehlen sich davon und schließen hinter sich alle Türen. Das schmerzt und dennoch ist es so und nicht zu ändern. Leider.«

»Wir sind auf dem Weg zu Kathys Haus. Stella, Sie kennen sie am besten. Wenn wir Ihre Schwester antreffen, wie sollen wir uns verhalten?« Karl-Dieter vernahm nur einen Seufzer. »Okay«, sagte er, »wir werden uns auf unser Bauchgefühl verlassen.«

»Good luck!«

* * *

Mütze hing mit der Nase über dem Lenkrad und verlangsamte die Fahrt. Er musste sich konzentrieren, den richtigen Abzweig nicht zu verpassen. Der Himmel hatte sich überraschend schnell verfinstert, ein böiger Wind war aufgekommen, die Sonne hinter dunklen Wolken verschwunden. Bald klatschten erste Regentropfen gegen die Windschutzscheibe. Die Küstenstraße war kurvig. Zur Rechten erklommen Wälder mit gigantischen Baumriesen die Bergausläufer. Nur selten zwängte sich ein Forstweg in den grünen Dschungel.

Hätten sie ihr Navi nicht gehabt, Mütze hätte den Abzweig glatt übersehen. Die schmale Nebenstraße war zwar asphaltiert, aber durch überhängende Äste so getarnt, dass sie kaum zu erkennen war. Mütze setzte den Blinker und bog ab. Das Navi riet, er solle acht Kilometer geradeaus fahren und sich dann links halten. Der Regen hatte an Stärke zugenommen, dennoch blieb die Fahrbahn trocken, so dicht war das Blätterdach. Nur in den Kurven, wenn die Bäume zurücktraten, prasselten die Tropfen nieder. Die Straße führte offensichtlich an einem Bachtal entlang, auch wenn man den Bach nicht zu Gesicht bekam, erahnte man ihn, schlängelten sich doch zahlreiche Rinnsale die Hänge hinunter. Immer dichter wurde die Vegetation, zugleich wuchsen die Wolken zu Türmen heran und es wurde immer finsterer. Mütze hatte längst das Abblendlicht eingeschaltet. Im Licht der Scheinwerfer huschte ein Tier über die Straße, vielleicht ein Reh.

Karl-Dieter spürte, wie ihm alles immer unwirklicher vorkam. Wer verfiel nur auf die verrückte Idee, sich in eine solche Wildnis zurückzuziehen? Zusammen mit einem autistischen Kind. Wie sollte Phil denn Anschluss zu anderen Kindern finden? Er brauchte doch ein Erfahrungsfeld in der Nachbarschaft, musste sich in sozialen Kontakten einüben, brauchte Spielkameraden. Die Worte von Stella gingen Karl-Dieter nicht aus dem Kopf. War Kathy tatsächlich eine von diesen Gluckenmüttern, jemand, der sein Kind keine

Sekunde aus den Augen ließ? Ganz so war es wohl nicht, sonst hätte sie ihr Kind nicht zur Schule geschickt. Obwohl, galt nicht auch in Kanada die Schulpflicht? Vielleicht aber war das Verhältnis zwischen Kathy und Phil nicht mit anderen zu vergleichen, vielleicht ließ einem ein behindertes Kind keine andere Wahl. Was sollte man denn auch machen, wenn der Autismus so schlimm war, dass es nicht selbstständig wurde? Man konnte es herablassend klammern nennen, in Wirklichkeit war das Verhalten am Ende nur die traurige Konsequenz, die sich aus der Behinderung ergab.

In Kurven führte die Straße stetig bergan, kein Auto begegnete ihnen. Ein erster Blitz durchzuckte das Dunkel und ließ die Gipfel der Bäume grell erstrahlen. Exakt nach acht Kilometern gelangten sie zu dem vom Navi vorausberechneten Abzweig, einem schlecht asphaltierten Weg, der über eine kleine Holzbrücke zur anderen Seite des Tales führte. Es ratterte dumpf, als der Mustang über die Bohlen fuhr, auf der anderen Seite war die Straße ebenfalls schadhaft, sodass es nur langsam voranging. Hinzu kam der Regen, der es nun durch die Blätter schaffte. Der Scheibenwischer gab sein Äußerstes, dennoch blieb die Sicht schlecht.

Durch einen über und über mit Moos bewachsenen Wald ging es nun über eine Hügelkuppe hinweg, dann fingerten die Scheinwerfer über eine Lichtung und erfassten ein Haus. Einsam stand es mitten auf einer Wiese, ein Blockhaus mit einem angebauten Schuppen. Die Dachrinnen waren offensichtlich verstopft, im Schwall rauschte das Regenwasser über die Kanten auf die seitlichen Wege. Ein Teil der Wiese war eingezäunt, Tiere aber waren keine zu sehen. Das Haus war vollkommen dunkel, kein Lichtschein drang aus den Fenstern, nirgends stand ein Auto. Niemand schien zu Hause zu sein.

Mütze schaltete das Abblendlicht nicht aus, als er und Karl-Dieter aus dem Auto stiegen. Im Lichtkegel des Mustangs wurden ihre Schatten lang und länger, die Jacken hatten sie schützend hochgezogen, so unangenehm peitschte nun der Regen. Wenige Schritte vor dem Haus stoppte Mütze. Er meinte eine Bewegung wahrgenommen zu haben, hinten, beim Schuppen. Versteckte sich dort jemand? Mütze gab Karl-Dieter ein Zeichen, Karl-Dieter verstand. Während Mütze auf den Schuppen zulief, hielt er sich links, um das Haus auf der anderen Seite zu umrunden und der Person den Weg abzuschneiden, falls sie flüchten wollte. Als er die hintere, im Dunkel liegende Hausecke erreicht hatte, stürmte ein Schatten an ihm vorbei.

Überrascht sah sich Karl-Dieter um. Im Licht des Scheinwerfers sah er einen Jungen laufen, mit blondem, nassem Haar. Da kam auch schon Mütze und rief: »Schnell! Hinterher!« Jetzt erst löste sich Karl-

Dieter aus seiner Erstarrung, doch zu spät, der Junge war bereits in den Wald hineingelaufen. Fluchend fingerte Mütze an seinem Handy herum, dann flammte es als Taschenlampe auf.

»Komm«, rief er, »hinterher!«

* * *

Sie stolperten über lose Äste und hervorstehende Wurzeln, unruhig tanzte das Licht von Mützes Handy vor ihnen her. Sie liefen aufs Geratewohl immer geradeaus, wobei sie zunehmend die Hoffnung verloren, den Jungen zu finden. Hier war sein Zuhause. Sicher kannte er den Regenwald auf Schritt und Tritt, kannte seine Verstecke, Höhlen im Wurzelwerk, vielleicht auch eine Baumhütte, in die er klettern konnte. Sie mochten an die zehn Minuten ziellos herumgeirrt sein, als Mütze stehen blieb.

»Es hat keinen Sinn«, sagte er, »wir haben ihn verloren.«

Karl-Dieter nickte und strich sich die nassen Haare aus der Stirn. Es dauerte etwas, bis er wieder zu Atem kam.

»Sollten wir nicht deinen Kollegen Bescheid geben?«

Mütze brummte. Wie gern hätte er sich den Jungen allein geschnappt, die Lage jedoch war aussichtslos. Man brauchte ein paar Dutzend Leute, um das Waldgebiet systematisch zu durchkämmen, am besten auch Hunde. Sehr weit war Phil sicherlich nicht gekommen, ein schmächtiger Junge von vierzehn Jahren konnte sich vielleicht verstecken, größere Strecken aber würde er nicht schaffen. Gemeinsam würde man ihn schon finden. Wichtiger noch war etwas anderes. Kathy musste schnellstmöglich informiert werden. Bestimmt würde sie sofort herbeieilen. Das war vielleicht das Wichtigste, über Phil kamen sie an die Mutter heran, so wie es Karl-Dieter gesagt hatte. Nun hatten sie Phil gefunden und würden auch seine Mutter finden. Taktisch erschien es Mütze aber klüger, die kanadischen Kollegen bei ihr anrufen zulassen.

»Hoffentlich geht sie dran«, sagte Karl-Dieter und merkte, wie er vor Kälte und Nässe zu zittern begann.

Franck Dujardin reagierte prompt. Selbstverständlich würden sie kommen, er würde alle zusammentrommeln, die er erreichen konnte. Und – ja – auch die Mutter würde er informieren, der würde ein Stein vom Herzen plumpsen. Als Treffpunkt vereinbarten sie das Blockhaus.

»Komm«, sagte Mütze zu Karl-Dieter, »hier haben wir nichts mehr verloren. Wir setzen uns ins Auto und warten dort.«

Völlig durchnässt machten sich die Freunde auf den Rückweg. Sie mochten zehn Minuten gegangen sein, als Karl-Dieter der Verdacht beschlich, dass sie sich verlaufen haben könnten. Immer noch regnete es, im fahlen Schein des Handys sah der Wald überall ähnlich aus. Obwohl, dieses kleine Bachtal hatten sie sicher nicht durchquert und auch an den Hain mit den Riesenfarnen konnte sich Karl-Dieter nicht erinnern. Mütze, der niemals zugab, die Orientierung verloren zu haben, beruhigte ihn. Zugegeben, sie wären etwas zu weit nach rechts gegangen, könnten aber die Lichtung mit dem Haus nicht verfehlen. Zudem würden ja auch noch die Scheinwerfer des Mustangs brennen. So schlugen sie eine leichte Linkskurve ein und kletterten mühsam durch das Unterholz.

»Schau doch bitte in deinem Handy nach«, sagte Karl-Dieter, nachdem er mit der Stirn schmerzlich gegen einen niedrigen Ast gestoßen war.

»Okay«, sagte Mütze gedehnt und hielt an. Karl-Dieter zuliebe würde er bei Google Maps nachschauen, wenn der Freund darauf bestand. Sein Smartphone aber wollte nicht starten, »feuchter Finger« meldete es, wenn Mütze über den Bildschirm strich. Unwirsch wischte Mütze seine Hand an der Hose ab, das Handy aber blieb bei seiner Fehlermeldung. Erst, als er ein Taschentuch hervorgezogen hatte, mit dem er seinen Finger trocknete, gewährte ihm das Handy den Zugriff auf die Landkarte. Unwillig schüttelte Mütze jedoch den Kopf, nachdem er zu zoomen versucht hatte.

»Was ist?«, wollte Karl-Dieter wissen.

»Schau selbst.«

Über einer grünen Fläche, die wohl den Wald darstellen sollte, sauste ein blauer Punkt wie wild bald hierhin, bald dorthin.

»Darfst dir eine Stelle aussuchen«, sagte Mütze und lachte bitter auf.

Wenigstens ließ der Regen nach. Das Gewitter war vorbeigezogen, es war vollkommen still, nur das Geräusch der Tropfen hörte man noch, die in die Pfützen fielen. Plötzlich aber ertönte ein Knacken. Die Freunde drehten sich um. Was war das? Ein Tier? Mütze leuchtete in die Richtung, aus der das Knacken gekommen war. Da sahen sie ihn, Phil. Mit bleichem Gesicht sah er sie an, voller Angst in den scheuen Augen, dann rannte er davon.

* * *

Dieses Mal würde er ihnen nicht entkommen, schwor sich Mütze, dieses Mal würde er auch keine Rücksicht auf Karl-Dieter nehmen, der deutlich langsamer vorankam. Mütze stürmte durch den Urwald, stolpernd, vorwärts fallend, sich schnell wieder aufrichtend, um weiterzulaufen. Stets aber hielt er das Handylicht auf Kurs, sah, wie der blonde Junge zwischen Baumstämmen verschwand, um gleich danach wieder aufzutauchen. Es war nur eine Frage von Minuten, bis er ihn erreichen würde. Mütze rief immer wieder »Stopp!«, auch wenn ihm klar war, dass der Junge darauf nicht hören würde. Sie kamen an eine Böschung. Während Phil die Steigung mit leichten Sprüngen überwand, rutschte Mütze auf dem nassen Waldboden aus und verlor den Jungen kurz aus den Augen, dann jedoch sprang er umso schneller hinterher.

Auf der Kuppe der Böschung angelangt, sah Mütze hinunter auf die Straße. Dunkel glänzte der Asphalt im Licht seines Handys. Der Junge stand schon unten am Straßenrand und sah sich zu ihm um. Mütze wedelte mit dem Handy, um ihm ein Zeichen zu geben, stehen zu bleiben. Beide waren sie so gebannt von diesem Augenblick, dass sie das Geräusch nicht vernahmen, das schnell näherkam. Helles Fernlicht blendete auf. Und Mütze machte einen Fehler, einen Fehler, den er sich nie verzeihen würde. Statt oben auf der Böschung zu warten, lief er auf den Jungen zu. In panischem Schrecken stürmte Phil über die Straße, Bremsen quietschten, Reifen schrammten über den Asphalt, ein dumpfer Knall und das Splittern von Glas. Dann war wieder alles ruhig. Der Wagen war zum Stehen gekommen, das Fernlicht erleuchtete die Straße. Auf dem nassen Asphalt lag ein Bündel, ein Junge mit blonden Haaren in unnatürlicher Körperhaltung. Er bewegte sich nicht mehr.

* * *

Das *Royal Jubilee Hospital* von Victoria besaß einen *All Nations Healing Room*, ein mit archaisch wirkenden, aber zweifellos modernen Schnitzereien geschmückten Raum, in dem sich Vogelmotive fanden, eine lachende Sonne, auch eine Feuerschale mit glühenden Pflanzenresten und den Federn eines Falken. Besonders anrührend aber war das neben der Eingangstür angebrachte Halbprofil eines Mannes, der seine Hand auf die Schulter seines Kindes gelegt hatte, lachend sah der Junge seine Betrachter an. Karl-Dieter war allein, saß auf einer der runden Baumscheiben, die als Stühle dienten. Er war froh darum, dass es diesen Raum hier gab und dass er ganz für sich sein konnte. Immer noch zitterte er, obwohl ihm die Sanitäter mit einer wärmenden Decke versorgt hatten. Die Kälte kam von innen.

Wie ein Film glitt alles noch einmal an ihm vorbei. Der Moment, als er das Quietschen der Bremsen hörte, gefolgt von dem Aufprall, wie er hinter Mütze her die Böschung hochkletterte und unten sah, dass Kathy aus dem Wagen stieg, wie sie zeitgleich mit Mütze den Jungen erreichte, sich niederkniete, den Kopf von Phil in ihren Schoss nahm, unter ihren Bauch, der sich so mächtig vorwölbte, wie sich bald darauf wirbelndes blau-rotes Licht näherte, wie Mütze den

Autos entgegenlief, mit winkenden Armen, wie Polizisten aus ihren Wagen sprangen und alles zu der Mutter mit ihrem Kind lief. Zum Glück hatten sie auch an einen Krankenwagen gedacht, Sanitäter eilten hinzu, hatten Mühe, Mutter und Sohn voneinander zu lösen, hoben Phil auf ihre Trage, legten ihm eine Infusion und brachten ihn in den Krankenwagen, Kathy stieg mit ein, dann drehte der Rettungswagen und brauste mit angeschalteten Signallichtern davon.

Karl-Dieter vergrub das Gesicht in den Händen. Er war ebenfalls hinunter auf die Straße geeilt, hatte hilflos zusehen müssen, wie Kathy wieder und wieder über das blasse Gesicht ihres Jungen strich, wie sie ihm das Blut, das aus seinem rechten Ohr lief, wegwischte, mit der nackten Hand, wie sie immer wieder seinen Namen stammelte. Phil hatte die Augen geschlossen, man wusste in diesem Moment nicht, lebte er noch, war er nur bewusstlos. Am schrecklichsten aber war der Moment, als er plötzlich zu sich zu kommen schien, als er mühsam die Augen öffnete, den Blick schweifen ließ und dann seine Mutter anblickte, lange und ernst, als würde er sie zum ersten Mal in seinem Leben erkennen. Von diesem Anblick ergriffen wurde Kathy von einem Schütteln erfasst, der Kopf ihres Sohnes hüpfte in ihrem Schoss auf und ab, dann schloss er die Augen wieder und öffnete sie nicht mehr.

* * *

Karl-Dieter strich mit den Händen die Rinde des Baumstumpfes entlang, auf dem er saß. Der Doktor hatte ihn zu beruhigen versucht. Es sei alles in Ordnung mit dem Kind. Ihr Baby sei reif, die Lungen auf die Luft dieser Welt vorbereitet. Auf jeden Fall aber sei es geboten, einen Kaiserschnitt durchzuführen, Lotte habe sich nicht mehr gedreht und ihr Gewicht würde eine natürliche Geburt zum Risiko machen. Sie würden alles Notwendige vorbereiten, gleich morgen in der Früh würde man Mrs. Textor in den Operationssaal bringen. Zwar sei sie sehr mitgenommen, verständlicherweise, wirke fast apathisch, ihr Kreislauf jedoch sei stabil und die Blutwerte sämtlich im grünen Bereich. Karl-Dieter hatte gefragt, ob er noch mit ihr sprechen könne, der Doktor aber hatte abgeraten. Mrs. Textor brauche jetzt viel Ruhe. Es würde dauern, bis sie den Tod ihres Kindes realisiere. Man habe für solche Situationen ein erfahrenes Team, einen Notfallseelsorger und eine Psychologin, die würden sich jetzt um sie kümmern.

»Wenn Sie etwas tun wollen, dann beten Sie für sie«, hatte der Doktor gesagt und ihm den Weg zum *All Nations Healing Room* beschrieben.

»Und er ist wirklich tot?«, hatte Karl-Dieter noch gefragt.

»Ja, leider. Er war schon gestorben, als er in die Klinik kam. Die Kollegen von der Unfallchirurgie haben nichts mehr für ihn tun können, Schädelbasisbruch, vermutlich durch den Aufprall an der Frontscheibe des Unfallautos.«

Karl-Dieter vergrub das Gesicht erneut in seinen Händen. Alles hatten sie falsch gemacht, alles, alles, alles. Mütze hatte ihn zu trösten versucht, bevor er mit seinem kanadischen Kollegen auf die *Police Station* musste, um die notwendigen Protokolle zu verfassen. Pech, alles sei einfach nur Pech gewesen, Schicksal meinetwegen. Damit habe niemand rechnen können, eine Verkettung unglücklicher Umstände. Keinen träfe Schuld am Tod des Jungen, sie nicht und die Mutter nicht, auch wenn sie vielleicht zu schnell gefahren sei, aber wer wolle ihr das verdenken? Karl-Dieter hatte stumm genickt.

Natürlich hatte Mütze Recht und doch fühlte er sich mit ganzer Seele schuldig. Er allein trug die Verantwortung. Wer war es denn gewesen, der gesagt hatte, der Weg zu Kathy führe nur über Phil? Er hatte den hilflosen Autisten benutzt für seine egoistischen Zwecke, nur um an dessen Mutter heranzukommen. Sie hatten das hilflose Kind in den Wald gejagt, nie würde er die Panik in den Augen des Jungen vergessen. Hätten sie sich doch zurückgezogen, hätten sie sich wieder in ihr Auto gesetzt und die Mutter informiert!

Nichts wäre passiert. So aber hatten sie ihn verfolgt, wie ein weidwundes Reh gejagt und hatten ihn vor das Auto getrieben. Man konnte es drehen und wenden, wie man wollte, wenn sie nicht gewesen wären, würde Phil noch leben.

Erschöpft wischte sich Karl-Dieter über das Gesicht und sah auf. Wieder sah ihn der geschnitzte Junge an, dessen Vater seine Hand auf seine Schulter gelegt hatte, und sein Lächeln tröstete Karl-Dieter ein wenig.

Donnerstag

Auch das *Royal Jubilee Hospital* besaß ein kleines Gästehaus. Doktor McNeill, der sympathische Chef der Frauenklinik, führte sie persönlich dorthin. Es war Mitternacht geworden, bis Mütze von der *Police Station* zurückgekommen war. Auch er war hundemüde. Was für ein Tag!

»So viel Pech passt auf keine Kohlenschaufel«, sagte er, als er sich aus seiner Jeans pellte, »stell dir vor, als die Polizei Kathy angerufen hat, ist sie gleich rangegangen. Sie war ohnehin auf dem Weg nach Hause, von der Nachricht alarmiert aber hat sie Gas gegeben wie nie zuvor. Der dunkle Wald, die schmale Straße, die Kurve, der nasse Asphalt, sie hatte keine Chance, rechtzeitig zu bremsen.«

»Wir hätten den Jungen nicht jagen sollen.«

Mütze war ein geduldiger Mensch, jetzt aber platzte ihm der Kragen.

»Jagen? Jagen tue ich Verbrecher, aber doch keine entlaufenen Jungs! Ich habe ihn nur seiner Mutter zurückgeben wollen, verstehst du, nicht mehr und nicht weniger.«

»Und das haben wir dann ja auch getan«, murmelte Karl-Dieter düster.

»Was hast du gesagt?«
»Nichts.«

* * *

Er hatte es im Zimmer nicht mehr ausgehalten, hatte hinausgemusst, ins Freie. Selten kam es vor, dass sie sich stritten, noch seltener, dass es unter die Haut ging. Karl-Dieter konnte sich nicht erinnern, dass es schon einmal so geschmerzt hätte. Zutiefst bereute er bereits, was er gesagt hatte, allein, es fehlte ihm an Kraft, sich zu entschuldigen. Was konnte Mütze denn dafür? Was musste er dem Freund, den er heimlich seinen Mann nannte, mit solch blödsinnigen Vorwürfen kommen? Mütze hatte alles getan, was in seiner Macht stand. Er war eben Polizist und dachte stets gradlinig. Alles wäre ja auch gutgegangen, wenn nicht im falschen Moment der Wagen um die Kurve gekommen wäre. Mütze hatte vollkommen Recht, alles war nur die Verkettung unglücklicher Umstände gewesen, einfach nur Pech, niemand trug auch nur ein Quantum Schuld.

Karl-Dieter hatte den Haupteingang der Klinik passiert, links von ihm lag nun das Bettenhaus. Überall auf den Fluren sah er noch Licht brennen und auch in einigen Zimmern. Wo wohl Kathy lag? Hoffentlich fand sie in den Schlaf, hoffentlich musste sie keine Beruhigungsmittel nehmen. Morgen würde sie von Lotte entbunden. Das war das Einzige, was Karl-Dieter tröstete, die Aussicht, morgen seine geliebte Tochter im Arm halten zu dürfen.

Nach South Carolina, zur *St. John's fertility clinic* in Myrtle Beach würden sie nicht zurückfliegen. Wenn alles gutging und Lotte die Flasche annahm, würden sie zurück nach Deutschland reisen. Auch ohne eine Amme würde Lotte gedeihen, davon war Karl-Dieter überzeugt. Mit seiner ganzen Liebe würde er sie überschütten, oh, er hatte Liebe angesammelt für ihr ganzes Leben. Nichts würde Lotte fehlen, nicht das kleinste Fitzelchen, das man für eine glückliche Kindheit brauchte. Und was brauchte es denn auch groß? Drei Dinge doch nur: Zeit, Zuneigung und Zärtlichkeit. An keinem würde es Lotte mangeln müssen, das schwor sich Karl-Dieter.

Er war schon wieder auf dem Weg zurück, bereit, sich mit Mütze auszusöhnen, als er Unruhe am Eingang des Bettenhauses wahrnahm. Eine Krankenschwester diskutierte lebhaft mit dem Pförtner. Von einer Vorahnung getrieben, eilte Karl-Dieter hinzu, worauf sich die Krankenschwester an ihn wandte.

»Haben Sie vielleicht eine Frau gesehen? Eine schwangere Frau, die vor Kurzem das Haus hier verlassen hat? Kann höchstens eine Stunde her sein.«

»Kathy Textor?«, sagte Karl-Dieter. Ihm stockte der Atem.

»Ganz genau! Wo ist sie hin?«

»Das weiß ich nicht.«

Die Schwester ließ ihn stehen und lief zurück zur Pförtnerloge. »Alarmier die Polizei!«

* * *

Er wusste es. Ohne dass ihm das jemand gesagt hätte, er wusste, wo er suchen musste. Es gab nur einen Platz auf der Welt, zu dem es Kathy drängte. Der *Ross Bay Cemetery* lag in einiger Entfernung von der Klinik, direkt am Ufer des Pazifiks. Der Haupteingang des in viktorianischen Zeiten angelegten Friedhofs aber befand sich auf der gegenüberliegenden Seite. Den älteren Taxifahrer schien nichts mehr zu wundern, jedenfalls stellte er keine Fragen, als er Karl-Dieter mitten in der Nacht zum gewünschten Ziel fuhr.

Karl-Dieter zahlte und sah das Taxi in die Nacht davonfahren. Zum Glück hatte er gefragt, was mit dem toten Jungen geschehen würde, als der Doktor mit ihnen zum Gästehaus gegangen war. Nach der Feststellung des Todes durch mehrere Ärzte hatte man den toten Körper freigegeben. Man hatte den Jungen in die Aussegnungshalle des Friedhofs bringen lassen, so sei es Brauch in British Columbia.

Eine gerichtsmedizinische Untersuchung hatte die Polizei nicht veranlasst, es bestand ja auch kein

Zweifel an der Todesursache und dem Unfallhergang. Zwar war eine Mitschuld der Mutter nicht auszuschließen, sie war mit hohem Tempo unterwegs gewesen, einem zu hohen Tempo, zumal bei dem Regen und der nassen Fahrbahn, man war aber stillschweigend übereingekommen, den Fall nicht weiter zu verfolgen. Die Mutter hatte bereits die härteste aller Strafen getroffen, was sollte da noch ein Prozess? So hatte man den toten Körper zum Friedhof gebracht, wo er bestattet werden sollte, wenn sich seine Mutter von den Strapazen des Kaiserschnitts erholt hatte.

Nun aber war sie davon, mitten in der Nacht. Es klang verrückt, aber Karl-Dieter verstand Kathy. Das Kriseninterventionsteam hatte sicher sein Bestes versucht, dennoch drängte die Mutter alles zu ihrem Sohn. Auch wenn er tot war, sie wollte weiter bei ihm sein, wollte seine Nähe spüren, so wie es für Trauernde über Jahrhunderte Brauch gewesen war. Die Zeit, im Krankenhaus zuzubringen, während ihr Sohn einsam in der Aussegnungshalle lag, der Gedanke musste ihr unerträglich gewesen sein. So hatte sie sich aufgemacht und war los.

Ob es an dem Gewitter lag? Hatte der Sturm das Meer so heftig aufgewühlt? Deutlich hörte Karl-Dieter die Wellen gegen das Ufer branden, als er an das schmiedeeiserne Gitter des Friedhofs trat. Auch auf Spiekeroog gab es einen Friedhof, auf dem man das Meer rauschen hören konnte, der Dünenfriedhof. Heimlich hatte sich Karl-Dieter gewünscht, dort einmal zu liegen. Die Nähe des Meeres, das musste tröstlich sein.

Kurz zögerte er, die Klinke zu drücken. Mit welchem Recht war er hier? War es nicht besser, Kathy allein in ihrer Trauer zu lassen? War das nicht die natürlichste Sache der Welt? Er hätte sie ja auch gerne gelassen, liebend gerne, aber morgen sollte doch Lotte zur Welt kommen. Was, wenn der Schmerz Kathy überwältigte, wenn der Wunsch übergroß wurde, wieder mit ihrem Jungen vereint zu sein? In einer anderen, einer besseren Welt? Und da war noch etwas, das seine Sorge wachsen ließ: Die Mutter musste von schrecklichen Schuldgefühlen gepeinigt werden. Sein eigenes Kind zu überfahren, was für ein Schicksal. Lag es da nicht nahe, dass man im Leben keinen Sinn mehr sah? Dass man sterben wollte?

Solche Gedanken plagten Karl-Dieter. Nichts war vorhersehbar. Er würde Kathy nicht bei ihrer Trauer stören. Er wollte nichts weiter sein als ihr Schutzengel, wollte heimlich auf sie aufpassen, um ihr zu helfen, wenn Hilfe nötig wurde. Alles würde er tun, dass sie ihn nicht bemerkte.

Vorsichtig drückte er die Klinke nieder. Er wunderte sich kurz, dass nicht abgesperrt war. In Deutschland wäre das nicht vorgekommen. Karl-Dieter trat durch das schmiedeeiserne Tor. Das Friedhofsgelände war weiträumig, wo mochte sich die Aussegnungshalle befinden? Auf den langen Reihen der Gräber flackerten rote Lichter, langsam gewöhnten sich Karl-Dieters Augen an das Dunkel. Er ging den zentralen Kiesweg entlang, ohne das Licht seines Handys einzuschalten. Eine Allee gesäumt von hohen, schlanken Nadelbäumen, dunkel hoben sie sich gegen den Sternenhimmel ab.

So gelangte Karl-Dieter zu einem Rondell. Geradeaus ging es den Hügel hinab zum Pazifik. Er sah die Lichter der vorbeifahrenden Schiffe, die weiter nach Vancouver wollten, vielleicht auch nach Seattle. Rechter Hand führte eine weitere Allee zu dem nächsten Gräberfeld, links aber war im Dunkel ein niedriges Haus mit einem Satteldach zu sehen. Die Eingangstür war groß und doppelflügelig, rechts und links davon leuchtete es schwach aus zwei vergitterten Fenstern. Das musste die Aussegnungshalle sein. Karl-Dieter entfuhr ein kleiner Seufzer, dann nahm er seinen Mut zusammen und ging los.

* * *

Auf Spiekeroog hatte er einmal selbst Totenwache gehalten, für drei alte Freundinnen, lange her. Man hatte die drei in eine Kühlhalle am Hafen gelegt, um sie am nächsten Morgen auf die erste Fähre schweben zu lassen, in Apfelsinenkisten, weil die ankommenden Touristen nicht mit Särgen verstört werden sollten. Zur Totenwache hatte er sich entschlossen, um der traurigen Situation etwas Würde zu verleihen.

War es nicht die Pflicht der Überlebenden, ihren im Tod vorangegangen Liebsten zumindest eine Nacht lang beizustehen? Sie mit guten Gedanken zu begleiten, ihr Leben noch einmal Revue passieren, das Licht der Freundschaft noch einmal aufflammen zu lassen? Weiße Tücher hatte er mitgebracht und Teelichter, alle hatten ihn für verrückt erklärt, Mütze und die Männer vom Hafen, aber er hatte sich nicht beirren lassen.

Wenn man das für drei Freundinnen tat, dann doch erst recht, wenn man den eigenen Sohn verloren hatte, noch dazu unter solchen Umständen. Nur ein Eisklotz konnte sagen, ein behindertes Kind zu verlieren, sei ja nicht so schlimm, sei doch eher eine Entlastung. Was verstand so ein Mensch schon von der Elternliebe? Niemand liebte sein Kind mehr als eine Mutter ihr Sorgenkind.

Karl-Dieter hatte die Trauerhalle erreicht. Er war überzeugt, Kathy war hier.

* * *

Sich auf die Zehenspitzen stellend, schaute er durch das rechte Fenster. Im Inneren der Totenhalle flackerten Kerzen auf einem Ständer, davor stand ein weißer Sarg mit goldenen Beschlägen, so viel konnte er erkennen. Karl-Dieter ließ seinen rechten Fuß suchend über die Mauer gleiten und fand einen kleinen Vorsprung, auf dem er sich hochdrücken konnte. Was er nun sah, sehen musste, aber verschlug ihm den Atem.

Blut! Überall Blut! Auf dem grauen Marmorboden glänzte es dunkelrot im Kerzenlicht. Mitten in der großen Pfütze aber stand ein Stuhl, darauf saß Kathy. In den Händen, dicht an sich gepresst, hielt sie einen nackten Säugling.

Samstag

Das Wetter hatte aufgeklart. Es war kalt, klirrend kalt, aber so schön und wild zugleich, wie nur die Nordsee sein kann, wenn nach einem späten Wintersturm die Wolken aufrissen und sich das blendende Blau des Himmels in den belebten Wogen widerspiegelte. Gischtgekrönt stürzten sich die Wellenberge gegen den Strand, um sich in Strudeln von Schaum aufzulösen. Möwen ließen sich vom Wind durch die Lüfte treiben, warfen sich mit Geschrei in die salzigen Fluten, wenn sie einen Fisch entdeckt hatten oder einen Krebs.

Die Freunde hatten sich warm eingepackt, nun aber, da die Sonne hervorbrach, öffneten sie ihre Jacken. Einsam lag der Strand vor ihnen. Kein Mensch machte im Februar Urlaub auf der Insel, es war so ruhig wie zehn Tage zuvor. Zehn Tage, nur zehn Tage! Karl-Dieter kam es vor wie eine Ewigkeit. Seit drei Tagen waren sie zurück in Deutschland, waren von Hamburg gleich nach Spiekeroog weiter. Karl-Dieter hatte es sich so gewünscht. Nirgendwo anders wollte er jetzt sein, nirgendwo anders würde er es aushalten.

Die ersten beiden Tage hatte er fast nur geschlafen, unruhig, auch in den Nächten. Heute war es etwas besser gegangen, ein tiefer, traumloser Schlaf war ihm geschenkt worden. Das war das größte Geschenk, ein traumloser Schlaf. Wie fürchtete er sich jetzt davor, zu träumen, egal, was für Traumgesichte es waren, böse oder gute. Die guten waren fast noch unerträglicher, wachte er auf, wurde er doch nur mit der traurigen Realität konfrontiert.

»Ich verstehe dich nicht«, sagte Mütze, nachdem sie schweigend bis zur Höhe des dreieckigen Seezeichens gelaufen waren, das auf einer Randdüne stand, dem Meer und den Seefahrern zugewandt. »Wie hast du nach allem, was wir erlebt haben, nur so handeln können?«

»Ach, Mütze«, antwortete Karl-Dieter. Es klang nicht schroff, nicht abweisend, sondern nur erschöpft.

Mütze war ja nicht dabei gewesen. Er hatte das Gesicht von Kathy nicht gesehen, nicht den Blick, mit dem sie ihn angeschaut hatte, als er die Totenhalle betrat. Was alles hatte in diesem Blick gelegen! Unwillkürlich war er stehen geblieben, hatte bewusst Abstand gehalten, zu ihr, zu dem Sarg mit ihrem toten Sohn, an dessen Tod er Schuld hatte. Nichts hatte er gesagt, sich nichts zu sagen getraut, nicht hier, nicht an diesem Ort.

Nur zu einer Geste war er fähig gewesen, zu einer Bitte seiner Arme. Langsam hatte er die Hände ausgestreckt, mit schmerzhaft flehendem Gesicht, hatte die Handflächen nach oben geöffnet, so wie man es macht, wenn man sich ein Geschenk erbittet. Kathy aber hatte ihn nur ungläubig angestarrt, voller Angst, ja fast mit panischem Blick. Unmerklich hatte sie den Kopf geschüttelt und hatte das Baby noch fester an sich gedrückt.

Karl-Dieter war es durch Mark und Bein gefahren. Unfähig etwas zu tun, war er stehen geblieben, bewegungslos, fast wie eingefroren, weder vorwärts noch rückwärts hätte er einen Schritt machen können. Wie lange er dort gestanden hatte, vermochte er später nicht mehr zu sagen. Irgendwann löste sich die Erstarrung, er zog seine Hände zurück und verließ die Trauerhalle mit gesenkten Schultern. Draußen war es aus ihm herausgebrochen, ein Tränenfluss ohnegleichen, schluchzend hatte er sich die nächtliche Allee entlanggeschleppt und war auf einer Bank niedergesunken.

»Mensch, Knuffi, wir sind im Recht! Wir werden um Lotte kämpfen. Sie muss sie herausgeben, ganz klar, da hat sie keine Chance.« Mütze blieb stehen und sah ihn eindringlich an. »Die besten Anwälte werden wir uns nehmen, egal, was es kostet!«

Ein schmerzliches Lächeln umspielte Karl-Dieters Lippen. Das war Mütze, der Kämpfer. Er glaubte an das Gute, nannte das Unrecht Unrecht und das Recht

Recht. Ach, wenn er doch selbst nur so denken könnte! Wenn er nicht immer wieder das Gesicht von Kathy sehen müsste, die Angst in ihren Augen, als er das Totenhaus betreten hatte. Natürlich konnte man versuchen, den Rechtsweg zu beschreiten, sich das Kind erkämpfen. Aber um welchen Preis? Ruhte Segen darauf? Und auf den Segen kam doch alles an, auf einen Start in diese Welt ohne Krieg und Streit.

Manche Dinge auf dieser Welt bekam man eben nur geschenkt, da war jeder Kampf sinnlos. Es ging nur freiwillig. Nur darauf konnte er hoffen, dass Kathy zu ihm sagen würde: »Nimm sie, sie gehört doch dir!« Wer weiß, vielleicht würde dieser Tag ja kommen. Und vielleicht kam er sogar recht bald. Es würde der größte Glückstag in seinem Leben werden.

Karl-Dieter blickte noch einmal über das Meer hinaus. Am Horizont sah man die Kette großer Schiffe, die sich auf den Weg über den Atlantik machten.

»Komm«, sagte Mütze, »lass uns nach Hause gehen!«

Der Autor

Johannes Wilkes, in Dortmund geboren, als der Pott noch rauchte, entwickelte erste Mordfantasien beim Sezieren einer formalingetränkten Leiche während seines Medizinstudiums in München. Er ist Autor zahlreicher unblutiger Bücher und leidenschaftlicher Strandgänger auf Spiekeroog. Hier spielte sein erster Kriminalroman: »Der Tod der Meerjungfrau«, dem vier weitere im Polibris Verlag folgten. Das erfolgreiche Ermittlerpärchen Karl-Dieter und Mütze durchleben in diesem neuen Roman ihren wohl persönlichsten Fall, der sie von Spiekeroog in die USA und zurück auf die Familieninsel führt.

Spiekeroog-Krimis vom selben Autor

Der Tod der Meerjungfrau
ISBN 978-3-95475-009-2
Paperback, 183 Seiten

Strandkorb 513
ISBN 978-3-95475-126-6
Paperback, 252 Seiten

Nachts im Watt
ISBN 978-3-95475-170-9
Paperback, 298 Seiten

Dünendämmerung
ISBN 978-3-95475-189-1
Paperback, 173 Seiten

Heirate nie auf Spiekeroog
ISBN 978-3-95475-221-8
Paperback, 199 Seiten